黃魚聽雷。

◎張曼娟

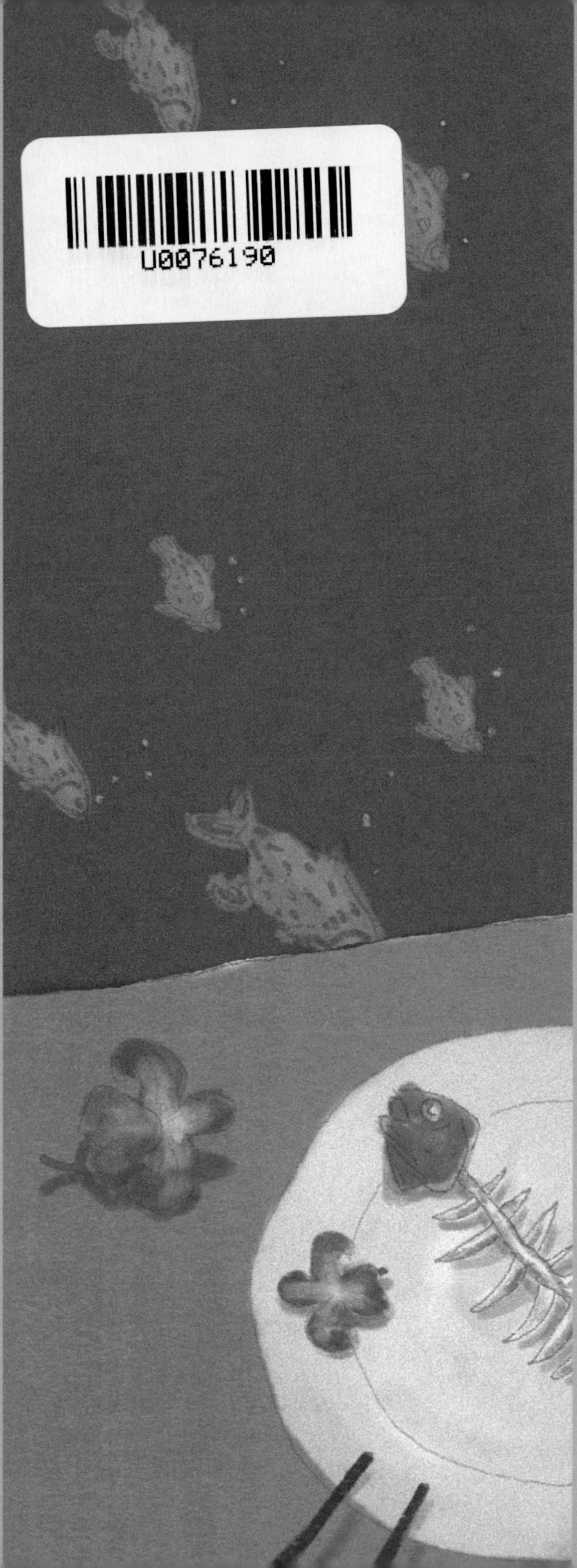

黃魚聽雷

深深入海

夏日宴

看見街上販賣桑椹的攤子，我便強烈思念起童年時，
栽種在院裡那一株桑樹。
濃密茁壯，結滿肥大的果實，每年夏天，像履踐一種恆長的盟約。
砍掉桑樹那一年，我跨進少女時代，也搬了家。
直到現在，仍覺得桑樹還在那座院落裡，
伴隨著我，永不告別的童年。

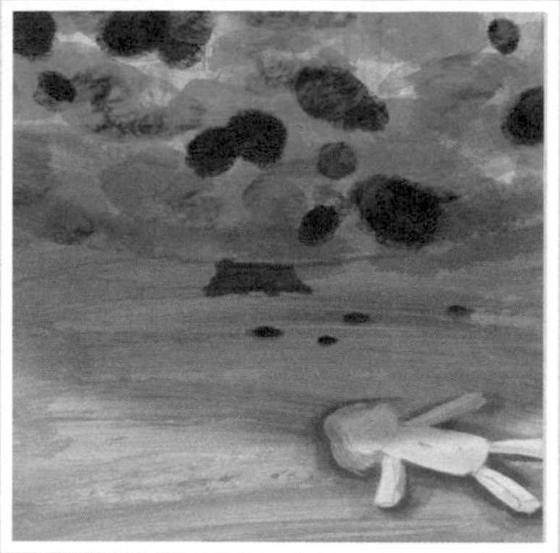

秋日宴

在大地震的一年後，我造訪了埔里。
夏秋交接的季節，正在癒合的土地卻散發出森森涼意。
沒有遊客。山上的民宿都空著，無助的等待。
民宿主人用幾顆熟透的水蜜桃打了一盅果汁，
那樣厚醇，甜香四溢，是從未有過的經驗。
我忽然被震動，這樣的大地啊，痛楚的被撕裂，還能如此豐盛的給予。

冬日宴

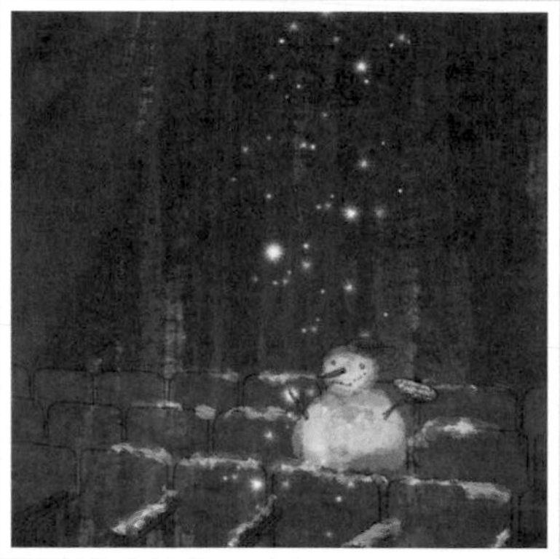

戲院門口那時候總有一些小攤子，賣著烤魷魚、烤玉蜀黍，
從寒冷的街道上走來，買了票，剩下的零錢買一支烤玉蜀黍，
拎著進戲院。
烤得好堅硬，塗滿醬料，淋漓盡致。
暖暖的看完一部電影，也笑了也哭了，
走出戲院，咚一聲，很響亮的把梗子扔進垃圾桶。
對於寒流，彷彿睥睨無所畏懼了。

春日宴

我做了一個夢，夢見一棵香椿樹穿透屋簷長出去，
頂端發了許多新芽，我站在屋頂的瓦片上，
仰頭看著粉紫色半透明的葉片，絲緞的光澤，紗的質感，
想著要摘幾片，給母親拌豆腐吃。
忽然發覺葉片柔軟的裹住我，成一件裙子，
我意識到自己長大了，發愁著該怎麼從屋頂上下來？

飲食是寫給時間的詩

──為《黃魚聽雷》作序

◎孫梓評

那時黃昏，天暗得晚，因此遠方碼頭仍有一絲奇異的光澤殘留著。風很大，我們和曼娟老師走在巴賽隆納的加泰隆尼亞廣場，正爲晚餐該吃什麼而拿不定主意。一行三人轉身進了蘭布拉大街，寬敞的街面除了有各式小販與方形書報攤，鮮花、磁器、香菸和雜誌優雅地陳列著；還有形形色色的街頭藝人，他們以各種古怪有趣的表演，矗立在街頭，成爲街景的一部分。

我們的眼光仍耽留在一個頭部裝著電視機的先生身上，曼娟老師忽然仰起頭朝遠方一望，輕輕對我們問：『晚餐去吃那個好不好？』

大家的視線同時往廣場的方向望去，滿街好看的西班牙男女來往穿梭，無法確認是哪一間店面獲得這個榮幸。於是，老師拉著我們，穿過人群與黃

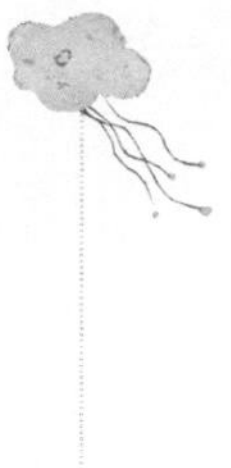

昏，來到一間位於二樓的餐館，爬上恐怕有點年紀的階梯，專業的侍者把門拉開，我們還來不及辨認這餐館到底供應的是哪一國料理，老師已經好整以暇地決定，她等一下要點隔壁桌上一種胭脂色的酒，浸泡著各種水果，像微醺的、晚夏的風。

菜單翻開，我們總是先觀望她想點用的食物，如果不想出錯，最好跟著點一式一樣的餐點，如果想要冒險，也會習慣先聽聽她給出的幾個建議途徑。總是這樣的，她不但具備在混亂視野中洞悉美味餐館的能力，還能夠在完全看不懂的西班牙文菜單上，透過跟服務生一知半解的溝通，得到極可能最重要的資訊。認識曼娟老師將近十年，出錯率近乎零。然後，果不其然，我們在遙遠海風吹來的試探中，坐擁一室昏黃溫暖的燈光，淺酌甜美的Sangria酒，品嘗了截至目前爲止最最美好無法比擬的橘醬鴨胸和紅酒腓力。

那一瞬間，舌尖彷彿有一場燦爛的煙火表演。

音樂慵懶地驅趕著夜晚，我看著開心品嘗美食的曼娟老師，她稱讚這些醬料搭配精緻小巧的馬鈴薯球，像入口即溶的雪。然後，忽然想起，一直以來，我如此喜歡閱讀她散文裡的那些美好的文字與人情，不也就是如同享用一道可以暖和人心的料理嗎？而曼娟老師在書寫文字時對於字句音韻、故事敘述的挑剔，其實正如她看待飲食口味的一貫執著。

滋味。

當我在夜裡細讀這本以飲食爲主軸的《黃魚聽雷》，諸多難忘的生命經驗，以四季分卷，時間與季節的本質就像被挑選出來的各種記憶食材——料理本身，刺激著味覺感官；美好或罪惡的人，徘徊在靈魂角落，遲遲不肯退場。因爲咀嚼，我們的人生收割著難以言說的成長。

有趣的是，書裡許多被列舉出來的食材，多半是家常可見的，青蔥韭菜冬瓜茄子、蝦米蚵仔鮮貝海帶、紅豆綠豆雞蛋番薯、香蕉芒果葡萄番茄。都不是多麼珍稀難尋的膳飲種類，這些親切的海鮮肉品果物，以一種毫不起眼但又靜默永恆的姿態活躍在每個人的生活範圍裡面。當我閱讀這些氣味鮮明的素材，除了知道一些特殊的料理方法（原來滾水沖蛋再加糖可以治久咳不癒），舊時的生活氣味（已經遷徙或剝落的眷村風景），對於食材的珍惜與理解（甜蜜芋泥竟可以拯救婆媳問題），更多的，是隱藏於書寫背後所能形塑的家庭氛圍；一個懂得詠嘆與勇敢的人，如何反省人身難得並深深感謝。

長久以來，就是這分特屬於曼娟老師的充滿溫柔理解的眼光，在注視著這個並不美好的世界。我們在浮躁塵世中，宛如旅人跋涉之後的頹唐心靈，才能像遇見細心修補雕像的藝術家，使朽舊還原為新，使傷口提煉為救贖。而一點點稍縱即逝的舌尖滋味，也才能重複回鍋上桌。

對於某一食材的好惡，可能因為身體年輪的改變漸漸有了新的感悟；對於一道菜的回憶，往往來自烹煮料理的人，享用時的場景、心情、溫度，還包含了一點點當年童穉稚氣的不理解。然而時間移動，舌尖上的鄉愁無預警地誕生了，我忽然明白，隨著夏天秋天冬天春天的遞嬗，成長、改變、跨越、懷念，來得那樣巧妙與輕快。無法拒絕。

因此，《黃魚聽雷》看似寫的是不同的料理與品嘗，其實，眞正透過味道被保留下來的，反而是瑣碎生活的點滴細節。是那已經在時間中泡沫般揚逝的崩毀年代，青春時不經意拋擲的笑語、臉龐及其相關，是生命中某些總是擦身遺憾而終究透過飲食得到滿足或再度失去的這些那些。闔上書頁之際，隱隱然，我竟在各種快炒慢蒸的殊異氣味中，聞見某種懂得之人的慈悲。

飲食是寫給時間的詩。就像海裡的黃魚聽過了雷聲，縱身沉入深深海底；我們嚐過了人生不同時節的煙火，因而甘願走向下一道未知的餐點或考驗，輕輕拾起刀叉碗筷，繼續享用舌尖觸著滋味的剎那，愉悅苦澀酸甜。

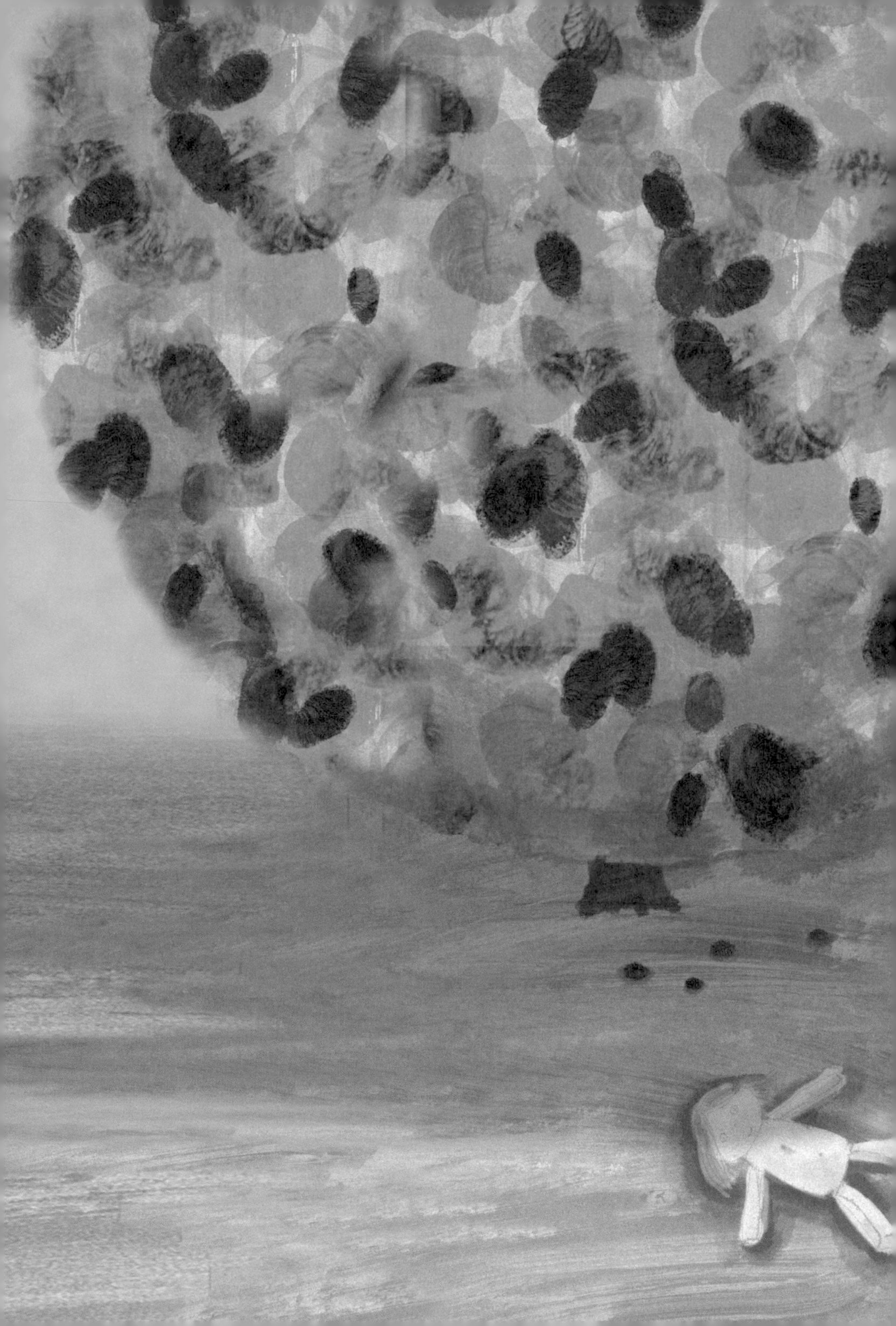

夏日宴

看見街上販賣桑椹的攤子，我便強烈思念起童年時，

栽種在院裡那一株桑樹。

濃密茁壯，結滿肥大的果實，每年夏天，像履踐一種恆長的盟約。

砍掉桑樹那一年，我跨進少女時代，也搬了家。

直到現在，仍覺得桑樹還在那座院落裡，

伴隨著我，永不告別的童年。

蕉裡的快樂

我看著母親細心的將外層果肉挖除，
再將陽光色的比較軟的果肉變成醬，送進那個孩子口中，我忽然有些發愣了，
當我很幼小的時候，牙還沒長出來，
記憶也還蒙昧，母親也是這樣餵我吃香蕉的嗎？

小時候我之所以愛吃香蕉，完全是受到父母親的影響。他們都生長於黃河流域，童年時便聽過這種水果，卻從沒機會嚐過。父親說，香蕉的招牌會掛在水果鋪子裡當成裝飾，迎風招展，金黃色的誘人線條，令人垂涎。然而眞要有人買了，老闆便從地窖裡取出一根，不知道已經儲存多久的香蕉，整條都漆黑風乾了的樣子讓人胃口盡失。路過水果鋪的孩子，永遠沒錢買香蕉，總要貪婪的多瞧上招牌幾眼，成了一種掛念。

父親長大之後隨著海軍船艦來到基隆港，並不知道這一待就要五、六十年，以爲只不過十天半個月，於是夥著一群同袍，用鋼杯買來砂糖，濃濃地沖泡熱水喝，好像要把自年少起即離家流浪的苦楚都調和了似的；又買來十斤、八斤的香蕉當飯吃，並且陶醉地想像著不久之後返回故鄉，可以驕傲地向兒時玩伴炫耀——我只吃香蕉不吃飯，那蕉原來是黃金一樣的色澤，並不是黑色的。在台灣，可沒人吃黑香蕉的。這些玩伴後來都沒有重逢，父親的香蕉傳奇也一直沒機會說。

曾經有過一段時間，因爲經濟上的考量，台灣香蕉都要出口，吃不到新鮮香蕉，只好吃脫水香蕉，這彷彿成爲一種屈辱，是民族的屈辱，也是貧窮的屈辱。在我誕生的年代，台灣已漸漸走出這樣的屈辱了。起先只有芭蕉可以吃，短粗的果實，甜度和香味都不足。然後，芝麻蕉出現了，果實變得瘦長，一剝開皮，濃郁的香味襲人而來，香蕉皮上芝麻似的黑點，標示著它是一種新品種。

對於小孩子來說，天天吃香蕉終歸是要膩了的，我開始嫌棄吃過香蕉之後口裡留存的氣味。加上頑皮的男生作弄女生之後，總要嘻皮笑臉的唸著：『小姐小姐別生氣，明天請妳去看戲，我坐椅子妳坐地，我吃香蕉妳吃皮。』我隱隱覺得受了欺負，對香蕉更沒好感了。

直到我更大一點，母親在家裡發展育嬰事業，放學之後我有時也幫著換換尿布，餵餵牛奶。有個不滿週歲的小嬰孩，排便很辛苦，母親叮囑我餵他吃點香蕉，並且示範餵食的方法，用一根小湯匙在剝開來的蕉肉上多挖幾趟，挖出果醬來，再餵進嬰兒口中。我看著母親細心的將外層果肉挖除，再將陽光色的比較軟的果肉變成醬，送進那個孩子口中，我忽然有些發愣了，當我很幼小的時候，牙還沒長出來，記憶也還蒙昧，母親也是這樣餵我吃香蕉的嗎？我在她的手上吃過多少香蕉呢？在那以後，我並沒有變成一個愛吃香蕉的人，眞實人生沒有那麼戲劇化。

我用吃水果以外的方式吃它，將它吃成甜點；吃成飲料；吃成三明治。吃成三明治最簡單，將吐司抹上花生醬，再切幾片熟透的香蕉夾在裡面，花生的香味與香蕉的甜度巧妙的融合在一起，我就這麼不知不覺地吃掉半隻香蕉。朋友請客吃鐵板燒，雖然很清楚知道昂貴的是活龍蝦和松阪牛肉，可是心裡偷偷期盼的卻是甜點煎香蕉。小小兩片，煎年糕的形狀和香味，送到面前來的時候，我便有著無法遏抑的快樂了。在美國第一次吃到香蕉慕思，從此念念不忘，香蕉牛奶啦、香蕉冰砂啦，都讓我一往情深。有科學家研究指出，香蕉確實含有一種令人感到快樂的質素，沒錯，我早就感受到了。

最令我讚嘆的一次快樂經驗，是在曼谷，東方文華飯店旁邊，一座學院的學生聚集的小吃街。一個中年婦人推著車，將摶好的油麵糰在熱鍋上煎成餅，然後將香蕉切片裹在裡面，很快的把兩面煎黃煎脆，撒上白糖，澆上煉

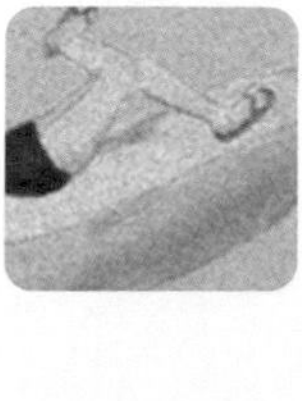

我看著母親細心的將外層果肉挖除，
再將陽光色的比較軟的果肉變成醬，送進那個孩子口中，
我忽然有些發愣了，當我很幼小的時候，牙還沒長出來，
記憶也還蒙昧，母親也是這樣餵我吃香蕉的嗎？

乳，熱騰騰地送進嘴裡，頭一次發現香蕉是甜中帶酸的，麵皮上的糖和煉乳附著在軟綿綿的香蕉肉，多層次的滋味在唇舌間像瀑布似的流瀉而下。

這種快樂的神秘質素，終於，徹底收服了我的佮牙俐齒。

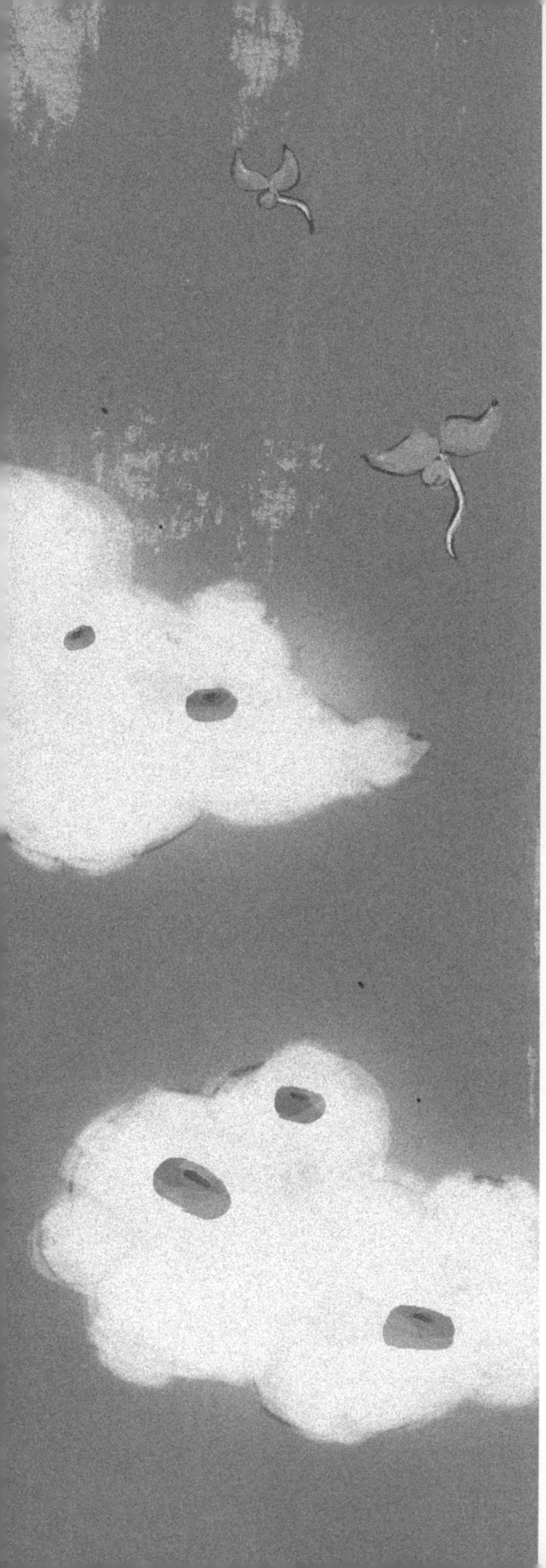

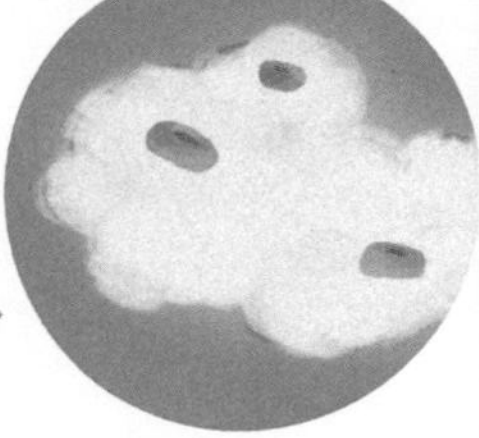

棉花上的沉睡者

我是這麼愛吃豆芽，卻又這麼怕家裡要吃豆芽。
因為我家豆芽在烹飪之前，必須先把根摘掉，
一根根豆芽摘完根總要幾十分鐘。
小時候除了練毛筆修身養性之外，摘豆芽是另一項磨耐性的功課。

自然課的老師穿著一條花裙子，她發給每個同學三顆綠豆，然後問我們發綠豆給我們幹什麼呢？頑皮的男生說：『煮綠豆湯啦。』大家都笑起來，年輕的老師也笑，她笑起來有很好看的酒窩。不是的，她說，我們要來發豆芽喔。老師一個步驟一個步驟的告訴我們，將棉花浸濕鋪在器皿裡，再把綠豆擺在上頭，不要曬太陽，每天在棉花上澆點水，豆子就會發芽了，一天天的長高了。七天之後再帶著豆芽來交作業，看看誰的最高？誰的最粗？我到這時候才知道，自己愛吃的豆芽菜原來是從豆子裡生出來的。

興奮又好奇地，我東挑西揀，最後選上一只煙灰缸作爲豆芽的家。我家沒有人抽煙，可是家裡還是要預備著一只煙灰缸，當客人掏出煙盒時，便趕快把煙灰缸放在客人面前，那時候來家裡作客的朋友，也從不會因爲抽煙而向主人致歉的。我把綠豆放在煙灰缸裡，寶貝一樣的捧進房，找了個陰暗的角落安放它。我記得它最初毫無動靜，讓我很焦慮，有時候連睡著了都不安心，還要爬起來跪在地上，將綠豆煙灰缸拖出來看，看它到底有沒有成長？繳交作業那天我呵護著成果到學校，因爲自己眞的培育出生命而欣喜，多麼希望路上行人都能看見我親手養成的綠豆芽。

再一次培養綠豆芽卻是在美國居住的那段時間，美國人的超市裡很少賣豆芽的，中國人的超市裡豆芽賣得很貴，看起來都泡了太多水，有些腫脹到腐爛了。偏偏我家吃豆芽吃得很多，合菜戴帽裡主要的食材就是綠豆芽；春天裡要吃春餅也得裹綠豆芽，我們有時候去越南人開的河粉店裡吃湯河粉，看見人家送上來的又粗又脆的綠豆芽，眞是嫉妒到眼中流油了。於是，父母親決定自己來發豆芽，這次的發芽行動聲勢很浩大，期望也很高，只是發了好幾天只有三到五公分高的成績，而且又老又硬，可謂功敗垂成。爲了沒有豆芽吃，留在美國的誘惑力當場減到最低。

我是這麼愛吃豆芽，卻又這麼怕家裡要吃豆芽。因爲我家豆芽在烹飪之前，必須先把根摘掉，一根根豆芽摘完根總要幾十分鐘。小時候除了練毛筆修身養性之外，摘豆芽是另一項磨耐性的功課。一大包豆芽傾在面前，堆積如山，看起來就很令人崩潰了，而我們必須要將它們梳理得乾乾淨淨。好多次我都提出抗議，爲什麼別人家都不用摘根，偏偏我們家這麼麻煩？等到我把根都摘除，堆成另一座小山，母親指著那堆髒兮兮的根問我：『妳要把這些都吃進肚子裡嗎？』當然不要，誰看了都噁心，我只好乖乖的繼續做摘根女工。

我家吃綠豆芽的方式很簡單，母親將乾蝦米用油爆得很香，再將綠豆芽投進鍋裡一起炒，只放鹽不擱醋，吃起來很像鹹魚炒豆芽的口感。黃豆芽的吃法就變化多端了，有時候我們拿它燉湯，用雞骨熬出高湯，再將黃豆芽放進去煮軟，起鍋前撒一點番茄提味，湯的滋味特別好，黃豆芽嚼起來還透著甜味。最熱鬧的吃法，就是過年時必不可少的十全如意菜了。許多黃豆芽，配上胡蘿蔔、芹菜、金針花、香菇、冬筍，加上蔥、薑和其他的調料，總之是要湊成十樣燴炒在一起，討個吉利。這是一道素菜，在年菜油膩塞胃的時刻，人們便要尋一點如意菜來醒胃了。

在棉花床上沉沉睡去的豆子，總有一天會發芽的，這從童年時便留下的印象，令我在許多困頓的時候，感到了不可滅絕的希望。

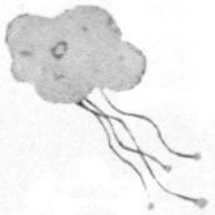

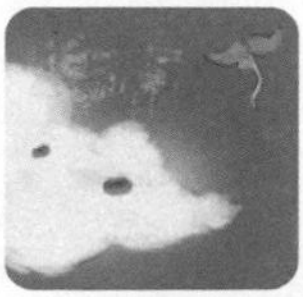

我是這麼愛吃豆芽，卻又這麼怕家裡要吃豆芽。
因為我家豆芽在烹飪之前，必須先把根摘掉，
一根根豆芽摘完根總要幾十分鐘。
小時候除了練毛筆修身養性之外，摘豆芽是另一項磨耐性的功課。

敲開一隻蛋

我喜歡半生熟的荷包蛋，蛋白邊緣最好還有一點焦脆，淋幾滴醬油，配全麥吐司麵包吃。

用烤過的麵包沾著蛋汁吃，然後再將凝固的部分切成小片，細細吃盡，可以抵得過一個甜蜜的親吻。

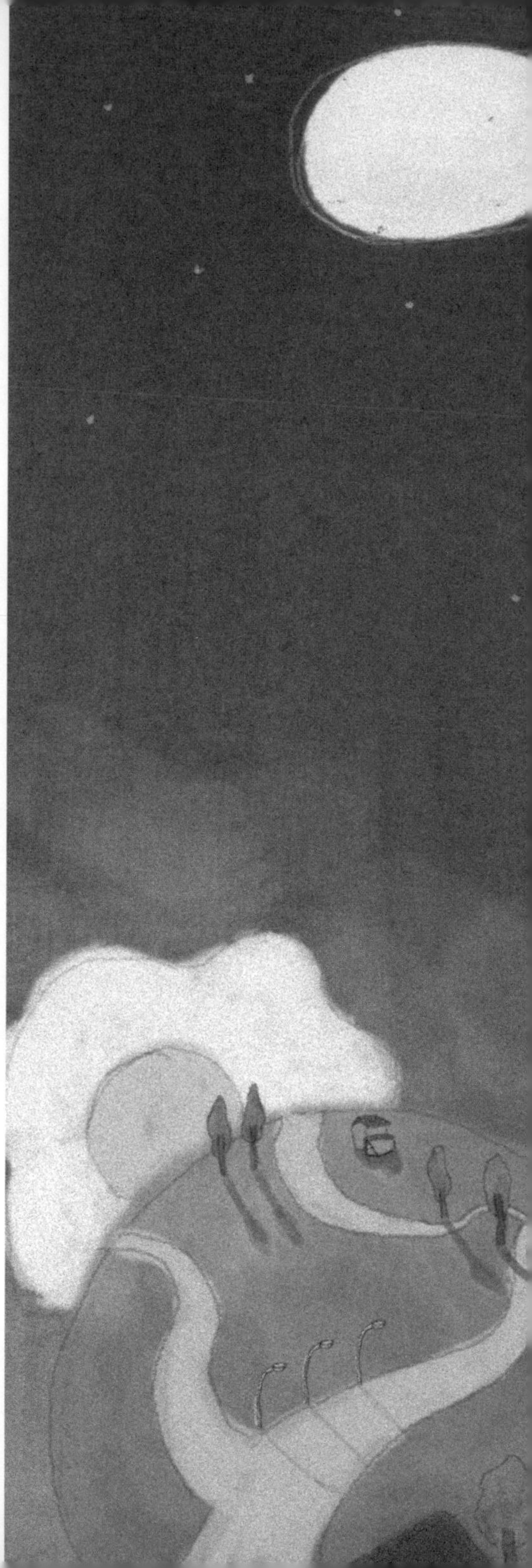

中國開天闢地的神話裡，有一則是這樣說的，說在宇宙初生的時候，是混沌不清的，如一隻雞子，後來，濁氣下沉成了大地，清氣上升便是天空，天地都安排好，就生出了第一個人，一個孤獨的巨人，叫做盤古。我喜歡這個神話，喜歡他們將那清濁相混的鴻蒙比喻成雞蛋，雞蛋變成了宇宙。

誰不愛吃雞蛋呢？在平底鍋裡煎一個荷包蛋，當做早餐，嗅聞著咖啡香氣，聽著油鍋裡吱吱吱蛋在凝結的聲音，眞是非常幸福的感受啊。我喜歡半生熟的荷包蛋，蛋白邊緣最好還有一點焦脆，淋幾滴醬油，配全麥吐司麵包吃。輕輕挑破蛋黃，金黃色的汁液湧出來，像陽光溫柔篩過窗邊掛在睫間。用烤過的麵包蘸著蛋汁吃，然後再將凝固的部分切成小片，細細吃盡，可以抵得過一個甜蜜的親吻。

我也曾在酒店的早餐桌旁，看過一個彷彿宿醉還未醒來的男人，整張臉埋在碟子上，噘起嘴來嚥嚥嚥地將蛋汁全部吸進嘴裡，這或許是對於蛋的禮讚，卻顯得太過貪狠。

小孩子多半都滿喜歡蛋，端午節爭先恐後的搶著將蛋豎起來，常常是失

敗的，而且還要經過冗長的過程。大人陪著我們豎蛋，說是唸書都沒有這樣的誠意專心。母親說起她小時候的故事，說起她家裡養的雞生了蛋，便讓母雞孵，母雞孵了好多天也沒動靜，外婆便盛一盆溫水來，將雞蛋擱在水上，如果雞蛋在水面上滾啊滾的轉動，就表示小雞幾乎生成了，在踩水呢。若沒生成小雞的蛋，便靜靜沉下盆底。『可以撈起來吃啊。』我們一旁嚷嚷。母親說孵不出來的蛋也壞了，吃不成，只得丟掉。我想像著在黃土高原上，那個被太陽曬得黧黑的小女孩，滿懷希望的在母雞肚子下面取出孵過的蛋，卻都是吃不得的。

四十年後，我們在黃土高原，在那座傾圮的院落裡，遇見最豐盛的雞蛋宴。陪著母親返鄉探親時，外婆已經過世好些年了。十一、二歲的母親離家時只當是去遠方旅行，腳步如此輕巧的跨過院牆，卻花了四十幾個寒暑，才又走回來。姨媽們一路哭著迎著我們回家，稍稍休息之後，爲我們端上一大碗一大碗補品，白糊糊的，原來全是水包蛋煮白糖水。每人的碗裡大約有七、八隻水包蛋，我們五個人可能吃掉他們半年或者一年的蛋了。在圍繞著

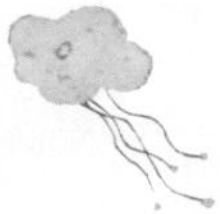

的孩子歆羨的眼光中，親人催促我們，吃吧，吃吧，多吃點，好補的。那個黧黑的小女孩，隱約也在窗邊，看著我的蛋。我將白糖水喝了幾口之後，放下筷子說，我不喜歡吃蛋，給小孩子吃吧。孩子歡快的一擁而上，他們的大快朵頤減輕了我說謊的愧疚感。

其實，我是愛吃水包蛋的，特別是酒釀煮蛋。從小家裡總有親朋好友送的自製酒釀，寒流來臨的夜晚，就用小鍋煮甜酒釀，廚房裡全是甜酒蒸發的香氣。起鍋前敲開蛋殼將生蛋墜入酒釀裡，整顆水包蛋浮在酒釀上，我故意戳破蛋黃，就成了黃金酒釀了。

有些人不敢吃生蛋，如果可以吃生蛋，這裡倒有一個治久咳的秘方：沒進過冰箱的粉紅色土雞蛋，在一個碗裡打勻，撒少許碎冰糖，放一、兩滴麻油，煮沸的熱水澆下去，再用盤子蓋起來，等蛋汁似凝非凝趁熱飲下。母親得了這秘方便做給我和父親吃，味道不錯，也還有效。

我近來感到興趣的是蝦仁烘蛋。新鮮蝦仁先用薑和酒浸過，再用蛋清裹一裹，放進油鍋裡炒熟，撈起備用。打幾個蛋放進油鍋裡翻炒，將熟時放入

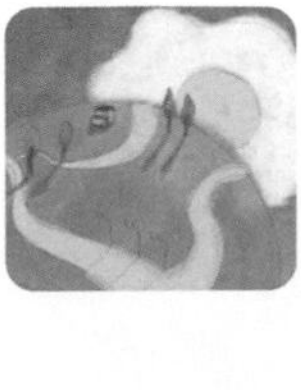

我喜歡半生熟的荷包蛋，蛋白邊緣最好還有一點焦脆，
淋幾滴醬油，配全麥吐司麵包吃。
用烤過的麵包沾著蛋汁吃，然後再將凝固的部分切成小片，
細細吃盡，可以抵得過一個甜蜜的親吻。

蝦仁，再翻幾回，兩面都呈現麥黃色，成一個蛋餅。蝦仁埋在蛋裡，保持幼嫩；蛋汁吸收了蝦的鮮甜，特別惹味。

不會做菜的人常會說：『我會炒蛋啊。』連蛋都不會炒的人，煮泡麵時也會放一顆蛋，蛋是這麼親切的東西。或許是受了母親講的故事的影響，我在敲開一隻蛋的時候總會想，這個未知的小宇宙裡，是否曾經發生過一隻雞的可能？

瓜架雨如絲

每一次父親總留下一隻瓜，
讓它長熟了、老了，取出種子來再栽種下一次。
我在瓜架下度過許多奇想的黃昏，
也從那隻黃掉的絲瓜學習了留一線生機的重要。

用削皮刀將碧綠的瓜皮刮去，裡面翠白的瓜肉露出來，同時，那一股從泥土裡噴薄而出的、飽含汁液的新鮮氣息也蔓延開來。削去瓜皮的內層，細細地沁出絲瓜露來，我想起有位老師以前告訴我們的，她說她都用絲瓜露來敷臉，自然又滋養。『尤其是絲瓜的幼瓜，特別好。』那位老師很少化妝，她的臉一年四季都緊繃著，透著光亮。別的老師用一種豔羨又嫉妒的口吻說：『你們這個老師可愛美了，一到九點就要睡覺了，老公小孩都丟下來不管囉。瞧她美的……』少女的我心裡想，如果眞的這麼羨慕，妳也用絲瓜露就好了嘛。

長大以後我告訴朋友這個美容小撇步，朋友很驚奇的向我求證：『眞的嗎？妳也用過嗎？』我說沒有，可是我知道絲瓜確實有點神奇功效，那是在我童年時代印證了的。可能因爲體質燥熱的關係，我和弟弟從小就常流鼻血，和同伴一起玩著玩著，忽然，血從鼻管裡流出來了；夜裡正熟睡著，忽然，血從鼻子裡沾染在枕頭上了；最尷尬的是正在教室裡上著課，鼻血洶湧而至，白襯衫立時一片血漬，像剛剛殺過人。年輕的女老師看見這形狀，緊張到快要暈倒了，她拉著我上保健室，從她冰涼的手指，我探測到她的恐懼。保健室阿姨一向臨危不亂，讓我躺下，用棉花塞進鼻子裡止血。躺下的瞬間，鼻血不往外流，卻從鼻管流進咽喉，再進入食道，流進我的身體裡。我嚥著濃重的血腥味，忍住欲嘔的情緒，等待血液乾涸，這也是最難受的時間，乾凝的血結成硬殼，糊在鼻管和咽喉裡面，好像怎麼清都清不乾淨。

弟弟的狀況一向比我更慘烈些，相較之下，我只算是小意思。然而，這個小意思終於演變爲大事件。那一次我幫老師到辦公室去拿作文簿，鼻血忽然來了，一旁正好有位鄉音很重的老師，毛筆字寫得很漂亮，全校的公佈欄都是他寫的。他看見我的鼻血，立刻抓著我坐下，扯了兩張衛生紙，沾飽桌案上的墨汁就塞進我的鼻孔中，所有動作迅速確實，可能沒超過七秒鐘。鄉音老師一面動作，口中一面嚷嚷著，我沒聽見他到底說些什麼，只在冰涼的墨汁堵進鼻孔的時候，差點窒息。鼻子裡插著黑墨汁衛生紙的我，那天受到許多嘲笑與異樣眼光，忍不住哭著從學校裡逃回家，我說我再也不要去上學了。於是，父母親四下尋找治療流鼻血的偏方，治療我的憂鬱。

用有稜角的絲瓜煮紅糖水來喝，就是那時候尋來的方子。有稜角的絲瓜就是現在的澎湖絲瓜，那年頭還眞不太好找，母親買了幾條，將外皮刷洗乾淨，連皮切成小段水煮，據說絲瓜連皮吃是很清涼的，瓜都煮軟了，再加入紅糖。像咖啡一樣的顏色，還有著絲瓜特殊的清香，甜甜的滋味，成了我和弟弟的私房飲品。朋友問我眞的有效嗎？我只能告訴她，喝過幾次之後，我和弟弟幾乎都不流鼻血了。

而我喜歡的還是住在公寓頂樓那幾年，父親在屋頂張羅一座小花園，有時也種絲瓜，胖胖的絲瓜從黃色的花朵裡長出來，沐浴著細雨，曬著溫暖的太陽，它們長得很快，幾天不見就成了手掌大的絲瓜了。準備晚餐的母親會支使我上頂樓摘一隻瓜下來，我用手掌托著瓜，試試它們的重量，挑一隻最重的。母親用蔥花和蝦米爆香，去皮的絲瓜切成小片唰地下油鍋，掀翻幾下就熄火。翠綠的色澤，溫潤的香氣，甜脆的口感，自家庭園的饗宴。

父親爲了種絲瓜搭起一個架子，絲瓜便乖乖的攀爬上去，開花結果。每一次父親總留下一隻瓜，讓它長熟了、老了，取出種子來再栽種下一次。我在瓜架下度過許多奇想的黃昏，也從那隻黃掉的絲瓜學習了留一線生機的重要。

每一次父親總留下一隻瓜，
讓它長熟了、老了，取出種子來再栽種下一次。
我在瓜架下度過許多奇想的黃昏，
也從那隻黃掉的絲瓜學習了留一線生機的重要。

一顆小小的偈

此刻，來自四面八方的主婦將衝進超市，直接奔往貨架，能抓幾包就抓幾包，全往購物籃裡丟。

好像家長倏忽而至，接走所有的學生，貨架成了淨空的操場。

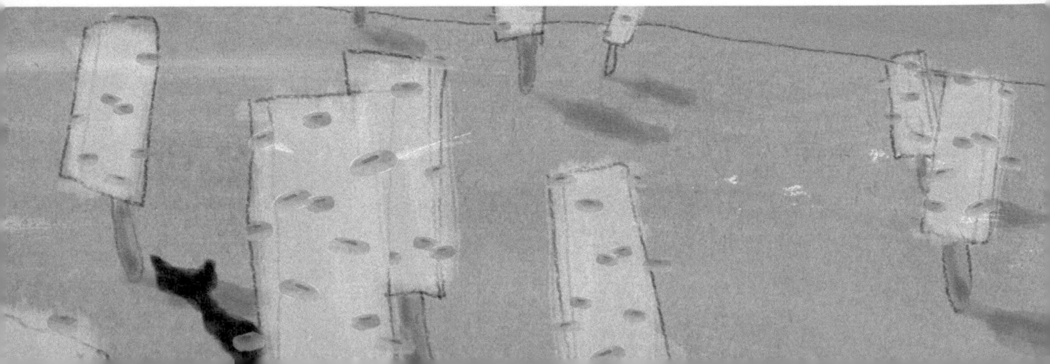

當ＳＡＲＳ彌漫，使得滿城疑雲重重的時候，我接到朋友的電話，她說昨晚媽祖發爐啦，指示我們要吃綠豆來防疫，就可以保平安了。她的聲音聽起來很匆忙，『我現在要出去買綠豆，還要幫我媽買一些，再晚就怕買不到了。妳要不要？我幫妳買。』我想起前兩天去超市裡逛著，經過五穀與豆類的區域，許多眞空包裝的紅豆、綠豆和黃豆，一包包安安靜靜整整齊齊的排列好，就像是放學時在操場剛剛排好路隊準備回家的小學生。此刻，來自四面八方的主婦將衝進超市，直接奔往貨架，能抓幾包就抓幾包，全往購物籃裡丟。好像家長倏忽而至，接走所有的學生，貨架成了淨空的操場。

『喂。』我問我的朋友：『妳知道毛綠豆和綠豆有什麼不同嗎？』我的朋友愣了一下：『怎樣？媽祖說毛綠豆比較有效嗎？』不是，當然不是的。只是前兩天我在人煙稀少的超市裡，頭一次看見包裝好的『毛綠豆』，我站在那裡細細讀完它的說明書，說明書上說它的品質比綠豆來要好。我猶豫了一下，又放回貨架上，夏天到了便有很多機會

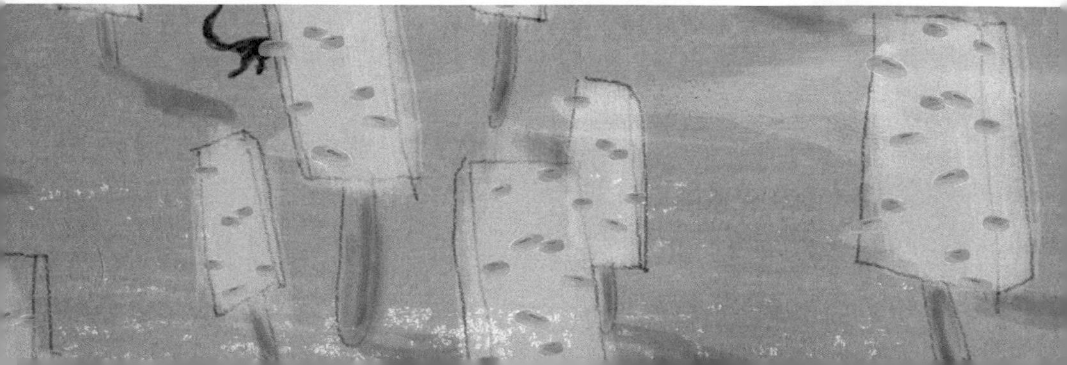

喝綠豆湯了，可是家裡的綠豆還沒吃完呢，我決定吃完之後再來把毛綠豆帶回家。此刻卻忽然惆悵的發現，這一整個長長的夏天，我可能都再看不見綠豆的蹤影了。於是，也就從這一刻開始，綠豆變得很重要了。

小時候很好奇的看著火爐上鼓鼓地燉煮著紅豆湯或是綠豆湯，母親說紅豆是暖性的，冬天吃比較合適；綠豆是涼性的，夏天吃了清火。我不喜歡煮紅豆湯，總要費好久的時間都煮不爛，綠豆就隨和多了，很快就煮軟了、化了，加點糖就可以盛出來吃了。快速的獲得成果和成就感，是我選擇綠豆的原因。

冰箱剛剛來家裡的時候，爐子上總煮著綠豆湯，煮好放涼了就倒進冰棒的模盒裡，一排排地擱進冷凍庫，一堆童年玩伴都在我家裡等著，吃一支綠豆冰棒，那是當時夏季裡最好的甜點。後來，百貨公司的小吃街吹起南洋風，我頭一次吃到綠豆仁椰汁西米露，將化未化的鵝黃色綠豆仁與透明如魚卵的小粉圓，漂浮在奶白色的椰漿中。從那時候開始，我總愛在南洋風味的餐廳裡點一客綠豆仁椰汁西米露，安撫我被檸檬和辣椒過度刺激的味蕾。

屬於我的一個私密的綠豆仁經驗，卻是和端午節的粽子有關的。母親童年時由舅舅和舅媽帶來台灣，舅媽是個身形相當瘦小的女人，有著濃重的河南鄉音，她嫁給舅舅好幾年一直沒懷上孩子，到三十幾歲，來到台灣，或許是台灣暖和的薰風，或許是中藥師的調理有功，竟接連著生了四個孩子，最小的孩子出生時她已經四十歲了。我的這幾位表哥表姐個個高大壯碩，摟住舅母就像老鷹攫小雞似的。在物資缺乏的貧窮年代，憑著舅舅這個軍人的微薄待遇，要將四個孩子拉拔長大，可不是容易的事。舅媽長年在思考著怎麼變出食物，讓孩子吃得飽、吃得營養，還能美味。

她包粽子的時候，因爲無法使用比較昂貴的鹹蛋黃做餡兒，就把綠豆仁與豬肉一起拌進調味料浸漬，然後裹進粽子裡，蒸熟了的鹹粽剖開來，綠豆仁正像是蛋黃的顏色，肉香濃郁的透進豆仁，吃起來鮮潤而不油膩，正是我最喜歡的。舅媽隨著表哥移民美國十幾年了，再吃不到這樣的美味。前幾年我在香港的茶餐廳裡點了一個裹蒸粽，意外的正是豬肉與綠豆仁的餡兒，我驚喜的環顧四周，找不到可以分享狂喜的人。然後，許多茶餐廳關門了，我

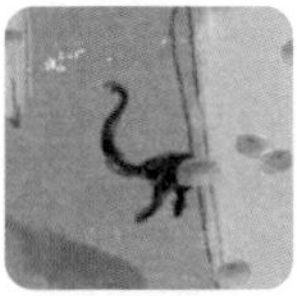

此刻，來自四面八方的主婦將衝進超市，
直接奔往貨架，能抓幾包就抓幾包，全往購物籃裡丟。
好像家長倏忽而至，接走所有的學生，
貨架成了淨空的操場。

又失去了這懷念的美好滋味。失而復得，恍然若夢。

又有個朋友告訴我，網路上說一個初初誕生的嬰孩，說出了『綠豆可治ＳＡＲＳ』這一類的話。綠豆愈來愈靈異了，如一句偈語。而它是否眞的能很快解決我們對於ＳＡＲＳ的恐懼呢？就像在煮沸的水中，它那麼迅速的融化了。

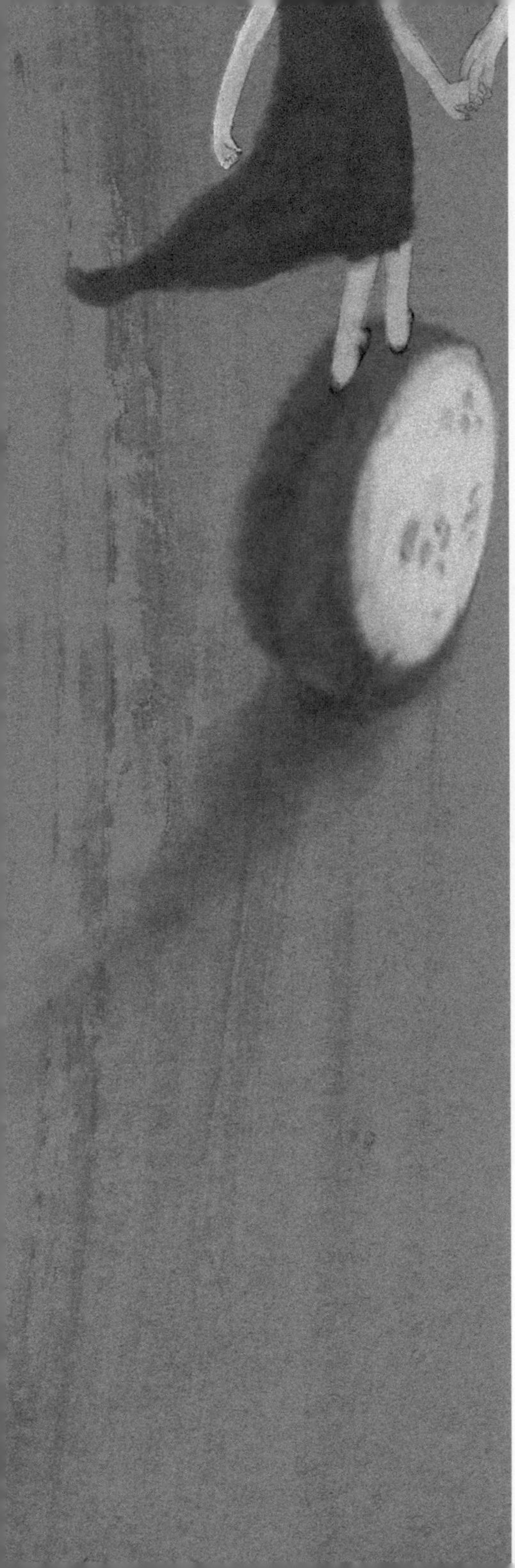

一片薄薄的冬瓜

老闆看了我一眼，有一種『原來是這樣』的瞭然神情，
他切了一片薄薄的冬瓜給我，
又扔了一塊薑進塑膠袋，那塊薑太大，與冬瓜極不相稱，
而我明白那裡面有著幫襯的意味。

『老闆，我要一片冬瓜。』我已經在菜攤前面站了好久，才揚起聲音說。太久沒有進菜市場，我變得很生疏，找了許久才找到母親以前常常光顧的那個菜攤。老闆手腳俐落地搬起冬瓜，掄起刀子就要切下去，我忙止住他。『太厚了，不用這麼厚。』老闆的刀子往前挪一些，我又搖頭，他再往前挪一些，我還搖頭，這時候老闆終於忍不住說話了：『這麼薄，我手軟切不下去，啊要不然妳來切好了。』我只好無奈地笑著對他說：『家裡只有我一個人，吃不了那麼多。』老闆看了我一眼，有一種『原來是這樣』的瞭然神情，他切了一片薄薄的冬瓜給我，又扔了一塊薑進塑膠袋，那塊薑太大，與冬瓜極不相稱，而我明白那裡面有著幫襯的意味——一個人住，一個人煮飯吃，確實有太多的不方便。

我記得小時候陪母親上市場，夏天裡總要買塊冬瓜回去煮湯，厚厚一片綠皮白肉的圓冬瓜，用繩子穿過中間的空洞，就這麼提回去。那時候提冬瓜便是我的差使，提著冬瓜回到村子裡，鄰居媽媽看見了便說，今天要吃冬瓜湯啦。我看著母親將冬瓜皮削下來，切成一小片一小片，用蝦米和蔥爆香油

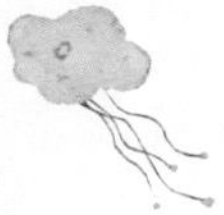

鍋，再將它們投進煮沸了水的湯鍋中，煎成焦黃的蝦米吱吱叫著，冬瓜片一進鍋裡就安靜下來，蝦米的燙熱和疼痛彷彿都獲得了安撫。天氣熱，吃點冬瓜清火嘛。母親總是這樣對鄰居媽媽說。我一直覺得，媽媽的冬瓜湯，已經是冬瓜可以擁有最好的料理方式了，這想法被另一位鄰居媽媽的冬瓜盅徹底顛覆。

住在我家對門的賈媽媽是個廣東小姐，她是一個可以雍容華貴也可以懶散邋遢的女人，嘴尖舌利，喜歡摸八圈，總是叼著一支煙。從小我和她的三個孩子玩在一起，我們在遊戲中穿過他們家的庭院，躲進我們家的小小儲藏室。我家的房子是面陽的，日照一年四季都很充足，他們家是背陽的，春夏秋冬都顯得陰暗，加上賈媽媽的東西從櫃上堆到地上，擁擠的物品阻絕了光線，大白天也是要開燈的。可他們家不時有些令人吃驚的東西，像是一個秋天的夜晚，忽然有人送了他們一簍子活螃蟹，我家也分了幾隻，那些螃蟹被綑綁的樣子，很像我後來在香港灣仔街市看見的大閘蟹。

令我更驚奇的就是冬瓜盅了，賈媽媽有一次宴請客人晚餐，她一早就開

老闆看了我一眼，有一種『原來是這樣』的瞭然神情，
他切了一片薄薄的冬瓜給我，
又扔了一塊薑進塑膠袋，那塊薑太大，與冬瓜極不相稱，
而我明白那裡面有著幫襯的意味。

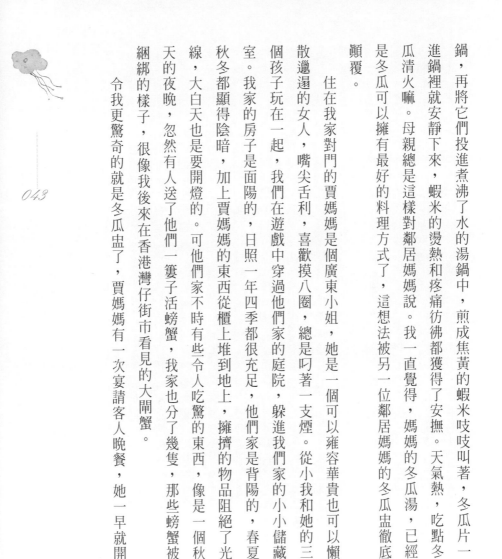

始忙碌，將親戚從香港送來的肥大香菇泡發來，還有金黃色的干貝、透明的魚翅等等，賈媽媽的好手藝是有名的，我們也跟著興奮一整天。客人還沒來，而菜都佈上桌子，賈媽媽一樣樣的數給我們看，當她將一顆矮矮的冬瓜蓋子打開來，我看見裡頭的羹湯時，驚詫到說不出話來了。香菇與干貝的氣味混著冬瓜的清香，那湯汁說不得混也說不得清，賈媽媽說湯先燉好了，倒進挖空的冬瓜裡再蒸一遍。我癡癡的聽著，久久回不了神。那夜賈家姐妹來我家叫我，說賈媽媽留了冬瓜盅給我，他們家的客人已經離開了。我們穿越煙霧彌漫混著酒氣的客廳，走進杯盤狼藉的廚房，冬瓜盅裡的湯汁僅剩一點點了，我們於是拿起小湯匙，挖著冬瓜肉吃，被湯汁潤透的冬瓜肉透明著，不可思議的美味。

賈媽媽仍舊是叼著煙穿著睡衣去買菜，我們仍舊是穿過彼此的家玩著捉迷藏，然後，躲起來的我們躲不過歲月，變成了中年人，賈媽媽和我的母親也都漸漸老去了。很多年後，我在一家餐廳吃飯，冬瓜盅上了桌，同桌的人都讚歎著，說沒見過這樣別致的湯，我起鬨的說，要用湯匙舀起瓜肉來吃才過癮。興致勃勃地舀起冬瓜的那一刻，眼睛忽然酸熱起來了。我想起賈家早逝的那個兄弟，各自遠嫁卻又不斷飄泊的姐妹，想起我們擠在一起挖冬瓜吃的那個永遠不會返來的童年時光。

我此刻獨自一個人，提著一片薄薄的冬瓜回家，仍是用母親煮湯的方式料理，而我的心裡藏著的是繁複美麗的冬瓜盅。我有時候羨慕冬瓜煮過就透明了，人生卻要經歷多少的烹煮，才能夠明明白白？

似苦還甘一隻瓜

苦瓜真是個美麗的果實，
不管是白色的或是翠綠色的，
每一顆突起的珠珠都那麼圓潤飽實，被水分充滿，
彷彿再多一點點就會崩裂開來。

當我們是小孩子的時候，沒幾個人喜歡吃苦瓜。

一到夏天，大人便燉起一鍋苦瓜排骨湯，押著孩子一人一碗，我們蹙著眉縮起身子，千方百計希望可以脫

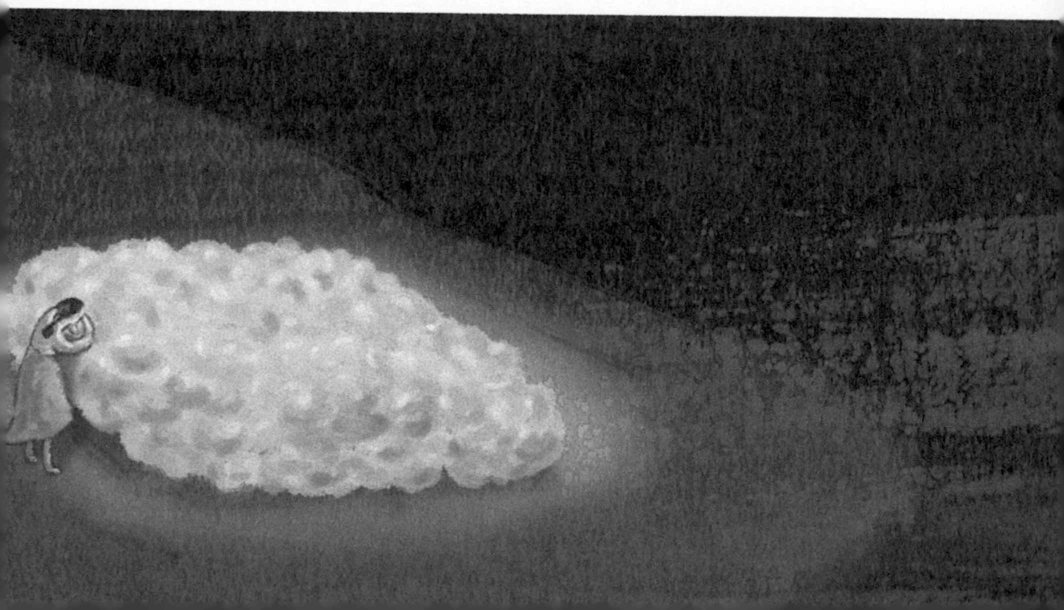

逃，不明白『苦瓜清火』這樣的迷信從何而來？

儘管這麼不喜歡苦瓜，故宮博物院的白玉苦瓜卻是我的最愛，我在一份彩色大月曆上看見它的光潔柔潤，完全被迷惑住了，那個月還沒到，我便不斷的翻起來看了又看，好像怕它跑掉似的。當那個月過完，白玉苦瓜被撕下來，我立刻拿它去包書，包的是我最愛的國語課本。小心翼翼的，不讓苦瓜有一點污漬，那個學期我突然變成一個愛乾淨的女學生，父母和老師都發現了我的改變，卻不知道我爲什麼而改變了。

多年之後，讀到余光中先生詠白玉苦瓜的詩：『在時光以外奇異的光中／熟著，一個自足的宇宙／飽滿而不虞腐爛，一隻仙果／不產在仙山，產在人間』，那樣的讚歎再度浮現，有這樣一隻瓜；有這樣一首詩，人間多了些不朽的力量。

苦瓜仍不是好吃的東西，尤其它在湯裡的時候。可是，苦瓜眞是個美麗的果實，不管是白色的或是翠綠色的，每一顆突起的珠珠都那麼圓潤飽實，被水分充滿，彷彿再多一點點就會崩裂開來。有時候必須去買苦瓜，我便問菜販：『這個苦瓜……苦不苦啊？』我要買的是一隻不怎麼苦的苦瓜。然而，菜販有點義憤塡膺的拍胸脯保證：『我家的苦瓜是全市場最苦的！開玩笑！不苦還能叫苦瓜喔？不夠苦退錢啦！』我馬上穎悟到這種問法有多愚蠢，就像是問賣西瓜的老闆，你的西瓜甜不甜？哪個老闆會說『其實不怎麼甜啦』？於是，我便尷尬的找個機會溜走了。

曾到鄉間去拜訪一個朋友，她在自己的工作室裡繪畫，一個星期才下山一次，採買需要的民生物品。我看見她穿著自己裁製的麻布衣裳，戴一頂草帽，騎著自行車下來接我，眞慶幸我穿著球鞋牛仔褲。她早就做好一隻醬油雞，採了些野菜，其中有一隻山苦瓜。我們吃了一頓很長的午餐，聽著她說自己的遭遇，說她曾那麼深刻的愛過一個男人，那男人當時是有家室的，她等著，等著，等男人離了婚，男人卻又告訴她，自己需要的是娶一個年輕美麗的女人，才能幫助他的事業。他說她不是不好，他說他還是很愛她，只是，她不適合他。他甚至向她保證，等他再婚之後，他們仍可以繼續保持戀愛的關係。她選擇離開了男人，她不是一定要婚姻，但她不願面對這樣的男人。她說著，熱騰騰、香噴噴一盤山苦瓜擺上桌了。翠綠的苦瓜伴著肉片、豆豉、紅辣椒異常鮮艷，她看見我的遲疑，笑起來：『試試吧，烹調得好，就不那麼苦了。』我看著她的畫，看著她的微笑從容，我相信她是個善於烹調的女人，人生啊、苦瓜啊，都變得不那麼苦了。

當我們也變成大人，漸漸開始喜歡起苦瓜來了，或許因爲苦瓜再苦也比不上人生。父親有一道私房菜，將苦瓜剖開來，挖去硬心和籽，切成薄片，用涼水浸泡著放進冰箱。每一片苦瓜飽含水分，變得透明，口感脆而回甘，沾著蒜泥、紅腐乳、芝麻醬和醬油調成的醬汁來吃，是夏日裡最開胃可口的涼菜，大人小孩都搶著吃。因爲有著神奇的調料，我們津津有味的吃著，意猶未盡的吃著，忘記了它其實是最苦的一隻瓜。

苦瓜真是個美麗的果實，
不管是白色的或是翠綠色的，
每一顆突起的珠珠都那麼圓潤飽實，被水分充滿，
彷彿再多一點點就會崩裂開來。

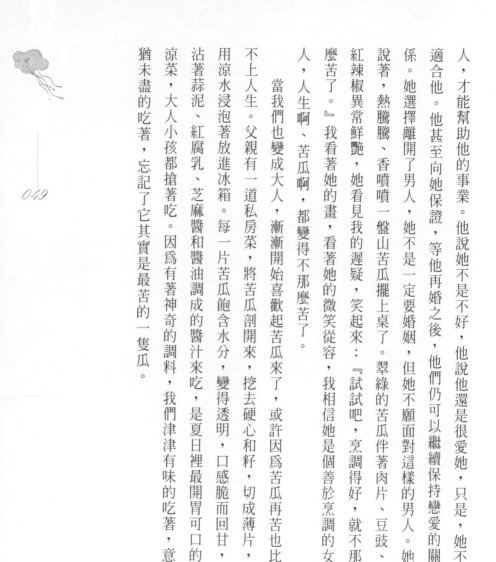

染上香芒色

我們採下幾顆還沒全熟透的果實，
放在窗欞上暖暖的日照裡，兩天之後，香氣逼人。
吃過芒果的手指，被芒果染成黃色，
也被芒果的香氣包裹著，這就是夏天。

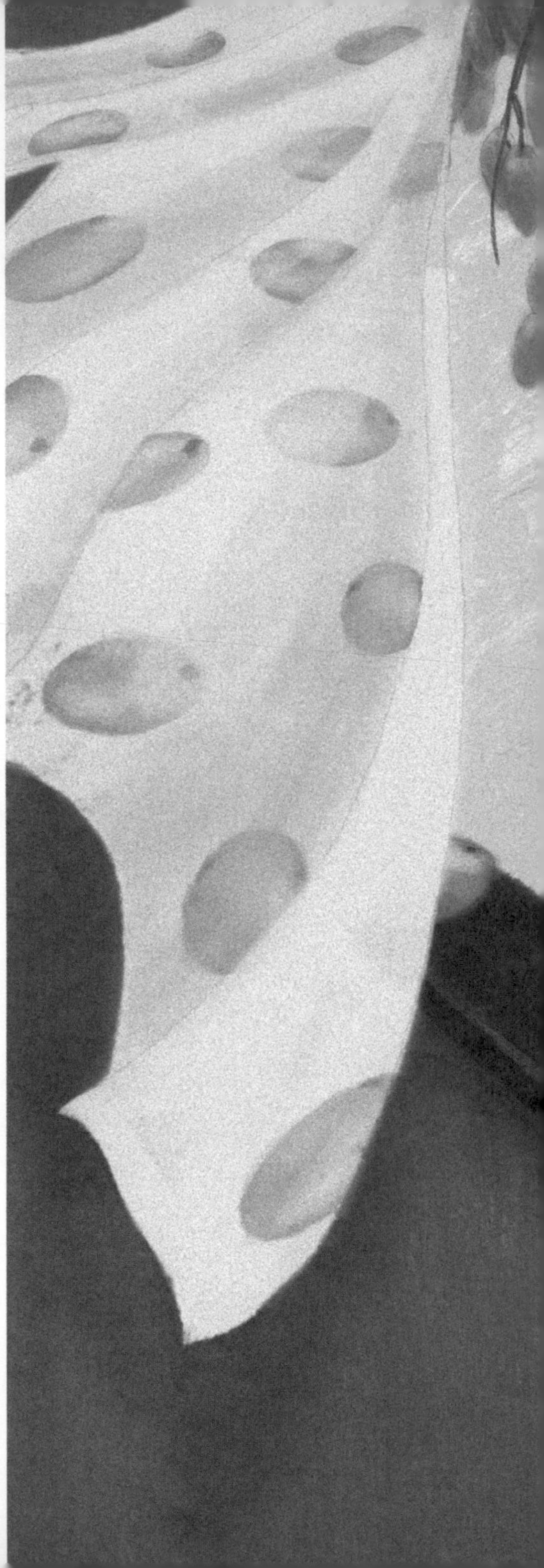

是從什麼時候開始，這麼喜愛芒果的呢？有時候初初相識的朋友，會這樣詢問著，我便覺得很不好意思，像是自己的一個隱私被大夥知道了，人人都來表示關切。這件事若是要認眞追究起來，約莫是要歸咎於詩人孫梓評的，他曾在我的一本散文集《夏天赤著腳走來》的作者介紹裡寫道：『因此熱愛芒果，對夏天總是心甘情願的等候』，許多人看見了，也記住了。從此，我和芒果結下了奇妙的緣分。

記得那一年，要離開香港中文大學的初夏，我一個人穿越研究室大樓長廊，看見我的研究室門口的椅子上，放著一個牛皮紙袋包著的橢圓形的東西。那年頭雖然還沒有『霹靂火』，動不動就送一個『雞蛋糕』，但是，人在異鄉，基本的警覺性還是要有的。我遲疑了好一陣子，才拾起那個沉甸甸的紙袋，稍稍開個口，一股強烈的香氣便從裂縫中衝出來，啊，原來是芒果。一個永遠也不會謀面的香港讀者，知道我將回台灣去，便寫了一封簡單的信同我致意，並且挑選了一顆『好芒果』，祝福我的夏天。

香港的芒果來自菲律賓，與台灣芒果的滋味有些不同。我個人的鑑賞經驗是，菲律賓芒果特別適合做成布丁啦、西米露什麼的，因爲它的香味很濃烈，可能香港人也感受到了，所以，他們稱芒果爲香芒。至於台灣的芒果，就很適合捧起來一口一口，汁水淋漓的啃食了。不斷改良使得芒果肉愈來愈豐厚，芒果核愈來愈單薄，芒果的甜度愈來愈高，而確實有些什麼是已經失去了的。我到了香港才發現，就是那股香氣。

小時候只有土芒果的年代，綠皮芒果成熟之後，那股甜香是充滿誘惑的。南部親戚家的院子裡常常就會種上幾棵芒果樹，鳥吃膩了的就輪到人來吃了。我們採下幾顆還沒全熟透的果實，放在窗櫺上暖暖的日照裡，兩天之後，香氣逼人。那時候吃芒果其實是有點惆悵的，小小一顆芒果剝開來，啃個幾口，就是鼓鼓的果核了，果肉又都是絲絲，纏在將換未換的乳牙上，好難清理。吃完了連核也捨不得扔掉，將果核上殘留的絲絲刷白，畫上眼睛鼻子，就成了一張臉，可以玩一個暑假。吃過芒果的手指，被芒果染成黃色，也被芒果的香氣包裹著，這就是夏天。

住在香港的時候，認識了一個新朋友，對於我愛吃芒果這件事，他也同感興奮。有一天，他訂了一大箱上好的菲律賓芒果送來我家。我猜想他並不知道芒果的價錢，也沒想過一箱芒果有十幾公斤重，他就這樣搭了火車來，從火車站抱著芒果一直走到我家，約莫二十分鐘的豔陽之下，這段路途宛如噩夢。當他終於進門的時候，全身的衣裳已經濕透，只能喘氣，一句話也說不出來了。頭一回，我因爲愛吃芒果而覺得罪愆，也是那時候，我悄悄認定他這個兩肋插刀的朋友，是一輩子的知交。

以前一到夏天，就等著芒果上市，如今，許多好友還沒等到夏天已經將芒果送來，梓評有著非常擅長挑選芒果的家人，年年我都可以吃到品種不同，風味絕佳的好芒果。母親有時候會料理香芒炒腓力，大火溫油先用蠔油將腓力牛肉炒熟，再把切成條狀的芒果滑進鍋裡小心拌炒，如同奶油般的芒果肉，與潤澤著蠔油香的嫩牛肉，一點酸甜的自然果香，混合成奇異的口感，色香味俱全，是我最喜愛的水果料理。

也許有一天，我終於走失在人群中，已經老到什麼人也不認得，什麼事也記不住，如果有人要尋找我，也許就該往芒果樹的方向走，那時候，我或許正因爲一個孩子剝開芒果，噴湧而出的香氣而駐足，而滿足的微笑。

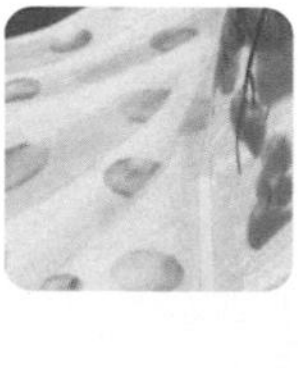

我們採下幾顆還沒全熟透的果實，
放在窗檯上暖暖的日照裡，兩天之後，香氣逼人。
吃過芒果的手指，被芒果染成黃色，
也被芒果的香氣包裹著，這就是夏天。

朋友說這是七月裡才有的，直接從潮州運來，
一到八月便完全絕跡，
薄蜆的殼薄到透明，卻有著一隻蝴蝶圖形，
裡面的肉幼嫩多汁，柔滑順口，
我用舌尖一舔就落進齒間。

貝上的一隻蝴蝶

我常覺得首先發現蛤蜊可以吃，並且將牠吃進肚子裡的人，眞是個天才。

小時候我們餐桌上的小小盛事，就是母親煮了蚌殼湯的那一天，是的，我們將蛤蜊叫做蚌殼，牠們是個頭比較大的那一種，淺褐色的厚殼，一圈圈的紋理，邊緣呈現淡淡的紫色。從市場買回來之後，先用個小盆子貯水盛裝著，過一會兒，蚌殼就會伸出肉足活動一下，一點一點的吐出泥沙，據說水中加一點鹽或是麻油，牠們會吐得更乾淨。然而，牠們如此努力的自清，爲的卻是讓我們吃進嘴裡的時候，口感更好些。反正，不管牠們把自己清理得多乾淨，還是逃不了下鍋的命運。放點薑絲和冬瓜，再將蚌殼逐進鍋裡去，鮮美的蚌殼湯就要上桌了。

站在爐火旁觀看蚌殼開啓，也是我的興趣。有些不耐熱的，滾幾下就迸開了，卻總有幾隻彷彿練就了鐵布衫，怎麼也不開，使我們

懷疑牠是不是下鍋之前就已經死去了。煮湯的人比蚌殼更堅持，等到最後，那隻蚌再撐不下去，憤然開啟，以牠的壯烈犧牲成就一缽湯的頂級美味。

後來漸漸覺得殘忍，目睹著生命與死神的拔河掙扎，我們卻站在死神那一邊。我不再觀賞蚌殼湯的烹煮過程，卻仍拒絕不了那鍋湯的誘惑。以前我們家裡吃蛤蜊的方式就只有煮湯一種，後來，漸漸懂得用九層塔熱炒，加上酒和蒜與辣椒，那股香氣襲擊味蕾，使整個人都興奮起來了。

有一年在瓊瑤小說裡看見了女主角最愛吃的貝類是『海瓜子』，這個名字太可愛，於是，四處尋找海瓜子的蹤跡。這樣癡心的

尋找，只是爲了要把牠吃進肚子裡，想起來也眞有點荒謬。沒多久海產店或是菜市場裡都可以見到海瓜子了，牠的滋味果然比一般的蛤蜊要鮮甜很多，愛吃海瓜子的人必然可以談纏綿甜美的戀愛吧。

到香港旅行的時候，發現他們吃蛤蜊眞是名目眾多，推陳出新。前兩年我在西貢吃到一種叫做『聖女蜆』的奇異品種，長得很像一段段竹子，連顏色都幾可亂眞，小的大約就像中指那麼長，大的可以有半條手臂的長度，用蒜蓉蒸來吃，那樣肥美的質感，入口的一瞬間，眼眶濕濕的，深深感到天生萬物以養民，民無一德以報天，完全被感恩與喜樂所充滿。

我在香港有一位好朋友，我們全然以『飲食』來取代『男女』，和樂融融，已經有六年的交情了。以前我在香港的大學裡教書，忽然看見研究室門把上掛一袋好吃的，有時候是剛出爐的蛋撻；有時候是最新鮮的三文治，便知道他已經來過又離開了。

ＳＡＲＳ過後我到香港去，當然又與他相約，嚐了許多美味，併肩走過蘭桂坊，災病之後還能平安相逢，以爲已是最高等的幸福。孰料在我離港前一夜，他又拎著一個便當盒來到我的酒店房間，才開門我就嗅到一股鮮烈的香氣，忍不住嚥下口水，朋友買來的是正宗潮州餐廳裡的熱炒『薄蜆』。他將便當打開，我看見許多小巧的蛤蜊，飽含湯汁，閃閃發亮。朋友說這是七月裡才有的，直接從潮州運來，一到八月便完全絕跡，薄蜆的殼薄到透明，卻有著一隻蝴蝶圖形，裡面的肉幼嫩多汁，柔滑順口，我用舌尖一舔就落進齒間，吃完的殼如振翅的蝴蝶，翩然欲飛。只有一個月的薄蜆；整片寧靜的海洋窗景；可以相交一輩子的好朋友，我被恩典的光芒籠罩，一句話也說不出來。

朋友說這是七月裡才有的，直接從潮州運來，
一到八月便完全絕跡，
薄蜆的殼薄到透明，卻有著一隻蝴蝶圖形，
裡面的肉幼嫩多汁，柔滑順口，我用舌尖一舔就落進齒間。

蝦餅的膨脹儀式

我喜歡將蝦片放在舌尖，
感覺它吸收了舌上的水分，更緊密的黏著。
彷彿不只是我在吃它，
它也試圖吞噬我，這種互動很刺激。

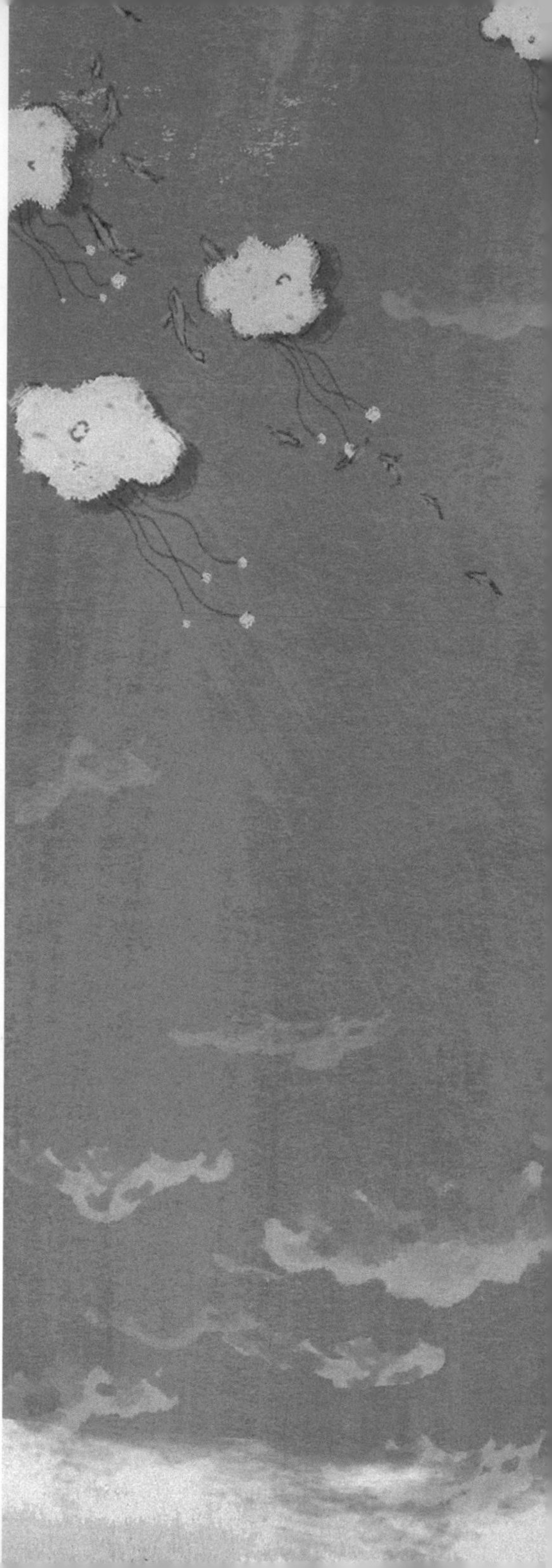

和朋友去吃飯，爆蝦球端上桌來，紅豔豔的顏色，令人心情振奮。大家紛紛下箸，我也舉起筷子，目標明確，挾起一片置於盤邊的米白色蝦片，約莫半個手掌大，酥酥脆脆，咬起來喀啦喀啦。『嗯，這個蝦很新鮮。』朋友們讚嘆著，我一邊點頭一邊又挾一塊蝦片，送進嘴裡。『妳爲什麼不吃蝦，光吃蝦片？』朋友忍不住問我。我覺得自己的秘密忽然被揭露，有些驚惶，趕忙挾一個蝦球放進碗裡，可是，眞正讓我垂涎的，仍是那永遠當不成主角的蝦片。因爲，在我的童年歲月裡，它可是光芒萬丈的主角呢。

那時節還沒有蝦味先，更沒有洋芋片這一類的零嘴，母親堅持外面賣的那些糖果啦、醃芒果乾啦，都不乾淨，吃了肚子裡會長蟲。所以，我家許多零嘴，都是自製的。在我們居住的眷村裡，有來自不同省分與地方的人，據說蝦片之所以會來我家，是村子裡一位從東南亞嫁來的媽媽傳授的。她先把炸好的蝦片送來我家，給我們這些小孩子吃，蝦的鮮味，酥脆的口感，讓大人小孩都瘋魔。媽媽們一致認爲，這是一項必須學習的技藝，於是，那段時間，我們都在過著異國情調的生活，只是並不自覺。

蝦片需要的主要材料，就是蝦和地瓜粉。媽媽們去菜市場買不頂新鮮、個頭也不大的蝦子，花費還算實惠。蝦子到了我家，一定要經過剔泥的過程，將背上的泥挑乾淨了才料理，我在外面吃蝦，哪怕是很高級的餐廳，常常都會被蝦泥所阻礙，而覺遺憾，這是從小被養嬌了的。剝去殼的蝦剁成泥備用，蝦殼並不丟棄，煮成熱湯，蝦殼湯蓄積著不可思議的鮮甜，放涼之後，攪拌蝦與地瓜粉，更添美味。攪拌成醬的材料裡擱一點鹽提味，接著便將它搓成一條一條的，大概比士林香腸細一點，放進蒸籠裡蒸熟。熟了再晾涼，斜切成薄片，放在院子裡風乾。這是一場盛會，幾個媽媽喜歡一起做，搓出來的長短胖瘦各不相同。

對門的賈媽媽搓出來的比較短粗，媽媽搓出來的就顯得細長，我記得賈媽媽總是拿起媽媽的手和她的比較：『手長的搓得長，手短的搓得短，天注定的。』當那些蝦片鋪在院子裡風乾，我們這些小孩就要負責驅趕蒼蠅了。等到蝦片確實乾透了，收在塑膠袋裡，有客人來的時候，就用一鍋熱油炸蝦片，我爭著討這項任務，並且樂此不疲。

我最快樂的，是看著乾如木屑的棕色蝦片，經油一炸，快速的膨脹開來，顏色變淡，如一朵迸裂的鮮花，在熱油裡綻放。撈起來瀝乾油，便送上桌了，大人小孩都搶著吃，喀哩喀啦的聲響，此起彼落。我喜歡將蝦片放在舌尖，感覺它吸收了舌上的水分，更緊密的黏著。彷彿不只是我在吃它，它也試圖吞噬我，這種互動很刺激。

在許多讚嘆聲裡，母親有個朋友，向來不做家事的，也問起製作方式，母親不厭其煩地，一道一道步驟講解，聽完之後，那位阿姨脫口而出：『這麼麻煩！如果不吃蝦片會死啊，我情願死。』我忽然用一種前所未有的眼光崇拜著我的母親，這麼麻煩，但她願意做，爲我們做。

當年吃蝦片的孩子都已經長大了，有些一直留在故鄉，有些早就風流雲散，不知飄泊到哪裡去了。我想起賈媽媽手長手短的話，腳長的孩子走得遠；腳短的孩子走不遠，也是一種天注定嗎？然而，當我們歡快的圍著油鍋，見證蝦片膨脹而起的時候，並沒有意識到，我們的身體與心靈也正膨脹著，成長的儀式。

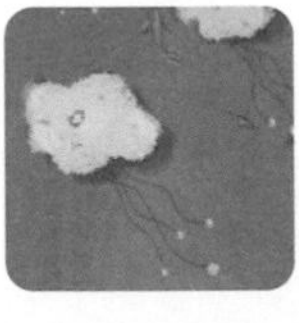

我喜歡將蝦片放在舌尖，
感覺它吸收了舌上的水分，更緊密的黏著。
彷彿不只是我在吃它，它也試圖吞噬我，
這種互動很刺激。

葡萄成熟時

我們摘下葡萄，在藍裙子外面抹一抹，
立即送進嘴裡。尖叫聲四起：
『好酸啊，怎麼這麼酸？』
圍著的人一哄而散，只剩下我們和滿滿一架的酸葡萄。

曾經我非常喜歡這首歌：『親親啊親親，親親啊親親，別後多珍重，葡萄成熟時，我一定回來。』那時候，我家裡有一個小小庭院，庭院的一角，種下一棵小小的葡萄藤，那株綠色的幼苗看起來有些弱不禁風，而它竟然一天天長大，大到令人無法忽視，大到父親必須要爲它搭一個架子，那個架子佔去半個庭院的天空。葡萄就這麼攀爬而上，一點也不讓人失望，時候到了，它就開花結出果實。我還記得頭一次看著結實纍纍的一串串葡萄，那種快樂的心情。

每次我出門都要花很多時間，一邊往門口走，一邊抬著頭數葡萄串，啊又多了一串，哎呀萎了一串。原本很愛飛鳥的我，只要看見鳥雀在架子上停駐，就焦躁地又叫又跳，生怕牠們把我的葡萄吃光了。等啊等，終於等到綠葡萄成了紫色，葡萄粒也夠大了，〈葡萄成熟時〉這首歌也唱翻了，好不容易等到葡萄採收的時刻。許多鄰居玩伴都擠在我家院子裡，父親用一把銳利的剪刀，剪下一串串葡萄，放在籃子裡，我迫不及待的和同伴分享。我們摘下葡萄，在藍裙子外面抹一抹，立即送進嘴裡。嗳——尖叫聲四起：『好酸啊，怎麼這麼酸？』圍著的人一哄而散，只剩下我們和滿滿一架的酸葡萄。

如果你有一架美麗的葡萄，卻是很酸的葡萄，該怎麼辦呢？父親於是把葡萄拿來釀酒。除了家裡自產的葡萄，還去市場買回幾斤葡萄，那時候既沒有巨峰葡萄，也沒有美國進口的甜葡萄，不管是哪裡來的葡萄，多半都是酸葡萄，只有很酸和不那麼酸兩種。葡萄既然是拿來釀酒的，彷彿就同我沒什麼關係了，可是，我卻很熱烈的投入了。

我們先把每一顆葡萄都剪下來，剪的時候很仔細，既要剪掉葡萄梗，又不能把皮剪破，那是一件專注的工作。剪完之後要洗乾淨，然後便用床單鋪在地上，將所有的葡萄平鋪著晾乾。父親一再重複的告訴我，要釀酒就必須讓每顆葡萄珠都是乾燥的，他稱葡萄爲葡萄珠，於是，我看著那些鋪滿地的葡萄，便有著一種看見黑珍珠的寶貴心情，忽然覺得自己好富有。但我一直認爲，我是不可能釀酒的，如果想喝葡萄酒，去買一瓶就得啦，何必這麼麻煩。

我們摘下葡萄，在藍裙子外面抹一抹，
立即送進嘴裡。尖叫聲四起：
『好酸啊，怎麼這麼酸？』
圍著的人一哄而散，只剩下我們和滿滿一架的酸葡萄。

父親釀酒的過程看起來挺戲劇化，因爲當年的葡萄比較酸，便以三斤葡萄一斤糖的比例，一層層鋪進罈裡，盛裝七分滿之後，加入適量的高粱，給葡萄一些提示，這是要釀酒的，可不是擺著腐爛的。緊緊密封之後，約莫等待半年以上才開封，用紗布過濾，將酒液分裝在玻璃瓶中。這些酒汁晶瑩清澈，有著琥珀的色澤，香味四溢，朋友來我家酌一杯，臉上便綻出幸福的微笑。

我家樓梯下的小小儲藏室，陰涼乾燥，成了一個酒窖。我記得小時候在舊房子裡有過幾次滿嚴重的地震，我們全家四個人就躲在小小的儲藏室裡，擠成一團，周圍都是酒罈。

還有一次，我們回家，一進門就聞到好香好香的玫瑰與水果蜜醇的氣味，四處尋找濃烈味道的來源，最後才發現，一罈葡萄酒爆炸了。我們在酒香中生活了一個多禮拜，那些天我總覺得暈陶陶的，心情特別愉悅。

這十年來搬了家，父母親年紀大了，再不適合釀酒，而葡萄品種愈多，味道愈甜，家裡僅剩當年分裝的一、兩瓶酒，每喝一杯就有強烈的不捨與惆悵。葡萄成熟時，我的童年會回來嗎？父母的青春會回來嗎？那些罈裡的葡萄酒，還能回來嗎？

忽然，我有了向父親學習釀酒的衝動。

秋日宴

在大地震的一年後，我造訪了埔里。

夏秋交接的季節，正在癒合的土地卻散發出森森涼意。

沒有遊客。山上的民宿都空著，無助的等待。

民宿主人用幾顆熟透的水蜜桃打了一盅果汁，

那樣厚醇，甜香四溢，是從未有過的經驗。

我忽然被震動，這樣的大地啊，

痛楚的被撕裂，還能如此豐盛的給予。

乖乖的栗鼠

推著車賣糖炒栗子的多半是外省籍的老人家，
戴著白絨線手套，將熱騰騰的栗子遞過來，
一種粗糙厚實的觸感，
明明只是手套的質感，我卻以為是碰觸到他們的人生。

最初的時候，我並不知道天津的栗子是出了名的好吃，我只是愛栗子的名字與滋味，我愛吃媽媽做的栗子紅燒雞。可是，小時候的栗子是乾的，就像許多其他的乾果那樣，在乾貨市場販售著，買回來之後，總有幾顆已經遭蟲蛀蝕了，有一股腐朽的氣味。母親用冷水浸泡著去殼的乾栗子，讓它慢慢地發起來，通常總要經過一整夜，當我們從夢中醒來，栗子也發開了。

多半是在過年的時候，母親在紅燒雞裡擱進十幾顆胖胖的栗子，讓它們充分吸收雞汁，咬下去全是雞的香味，至於栗子本身，只餘淡淡的甜味。只有十幾顆栗子，很快就吃光了，每當栗子雞裡的栗子吃完的時候，我便感到一陣惆悵，對著滿盤的雞肉發怔，就像是好不容易擠進戲院裡頭看戲，最喜歡的那個明星一出場就中彈身亡，而接下來還有無聊冗長的故事，眞不知如何打發。

記憶裡父母親不太吃栗子，如果挾到栗子便送進我的碗裡，我一定甜甜地笑著說謝謝喔，一點也不推讓。弟弟對於吃食從沒表現出如我這般的狂熱，印象裡他好像也沒同我搶過栗子吃，每次吃栗子燒雞，我便可以擁有一點小小的霸道與任性，這對於壓抑慣了的我來說，是很特殊的經驗。

到我唸大學之後，街頭巷尾開始出現愈來愈多賣糖炒栗子的攤子，炒栗子和烤番薯一樣，它們迸發出的氣息，對我而言，都有著致命的吸引力。我可以嗅聞到方圓五十公尺內的強烈氣味，深深吸一口氣，糖炒栗子。尤其這兩者差不多都是在秋天回到街頭的，手捧一袋栗子，與捧一包烤番薯的感受，是同等的幸福。

那時候的栗子雖然是新鮮的，個頭卻比較大，不知道爲什麼，推著車賣糖炒栗子的多半是外省籍的老人家，戴著白絨線手套，將熱騰騰的栗子遞過來，一種粗糙厚實的觸感，明明只是手套的質感，我卻以爲是碰觸到他們的人生。胖胖的栗子吃進嘴裡，不可否認有點小小的落差，這滋味並不像我憧憬的那樣美好。原來，糖炒栗子不過是這樣的。

直到十幾年前我頭一次出國，到日本和韓國旅行，導遊推薦我們買日本人賣的『天津甘栗』，他說那是他吃過最好吃的栗子。我和母親自此便一路吃天津甘栗吃個不停。甘栗比台灣的栗子小而扎實，密度、甜度與香氣，都是全然不同的另一種境界。吃完之後，栗子在口中留下的餘味，仍溫柔的裹覆著唇齒。

我們買了兩包天津甘栗回家，在烤箱裡烤熱了，安慰從故鄉天津離家四十年的父親。我不會剝栗子，忙碌半天乾脆送進嘴裡啃來吃，父親將栗子拈起來，用指甲一摁，輕輕巧巧開了口，栗仁便出來了。吃栗子的時候，我習慣貼在父親身邊，他一邊吃一邊剝給我吃。我就像一隻栗鼠那樣，乖乖的等待餵食。

我曾在親戚的介紹下認識一個男孩，他是個有前途又老實的好男孩，他曾盟誓會對我永遠忠誠。有一次我們手牽著手逛街，他忽然興奮的指著前方：『看！那是糖沙栗子！要不要吃？』我的手仍在他手中，我也眞的相信他的忠誠，可是在那一刻，我覺得哀傷了，因爲我知道自己終究無法愛戀他。

有的朋友認爲我的挑剔使我失去結婚的機會，但，我並不以爲單身是一件可悲的事，起碼我知道，自己要的到底是糖炒栗子；還是糖沙栗子。

推著車賣糖炒栗子的多半是外省籍的老人家，
戴著白絨線手套，將熱騰騰的栗子遞過來，
一種粗糙厚實的觸感，
明明只是手套的質感，我卻以為是碰觸到他們的人生。

小精靈的蘑法屋

她的臉上沒有卑微自憐的表情，
每一次看見她，都在菜攤上歡快的跳躍著，
揚起頭來問：『你要什麼？……還要什麼？』
好像她是一個魔法師，可以滿足人們所有的需求。

做小孩子的時候，我們多半都不怎麼愛吃菇類，咀嚼的口感有些奇怪，像是把塑膠放進嘴裡的感覺。大人爲了哄我們吃菇，就編造了一個關於森林、小精靈和魔法屋的故事。說是森林裡住著許多小精靈，他們每天很快活的遊戲著，（小精靈吃什麼呢？孩子問。）（喔，他們都吃蜂蜜啊，渴的時候就喝點露水。）累了就在花瓣上午睡，天黑之後，才會進到可愛的魔法屋子裡去。魔法屋矮矮的，屋頂圓圓的，靠近樹根，當有人闖進森林裡去，魔法屋就會變成一顆顆的蘑菇，保護著小精靈，不讓他們受傷害。爲了小精靈的傳說，我們不自禁的愛上了魔法屋，雖然蘑菇嚼在嘴裡的時候還是那麼像塑膠。

當我還不是一個成年人，最喜歡陪母親去市場買菜了，看著菜販與顧客熱烈的交易，聽著聲嘶力竭的吆喝，黏在母親身邊，把乾乾的錢遞出去，再接過濕濕涼涼的錢幣來。母親固定向幾個菜販買菜，其中有一個賣毛豆、蠶豆、蘑菇和素雞的女人，別人是站在菜攤前面或後面叫賣，她卻是站在菜攤子上叫賣。不知是先天或後天的畸形，她的背脊嚴重隆彎，整個人大約只有一百公分高。可是，她的臉上沒有卑微自憐的表情，每一次看見她，都在菜攤上歡快的跳躍著，揚起頭來問：『你要什麼？……還要什麼？』好像她是一個魔法師，可以滿足人們所有的需求。母親買了毛豆，她秤好之後，又抓一把投進袋子裡，才心滿意足的揚起頭：『還要什麼？』

有時候母親忙著沒法出門，便差遣我去市場買點小東西，我毫不遲疑的走到她的攤子旁，等待著被她發現，她總是會發現我，用一種熟悉的眼神看著我，嚷著：『妳要什麼ㄟ？』我指指蘑菇，她便跳躍過去，抓起一大把笑嘻嘻的塞給我，秤也不秤地：『五塊錢。』我拿著蘑菇回家，母親訝異地：『五塊錢這麼多啊？』我覺得自己被稱讚了，很有成就感。

母親喜歡同她買蘑菇，因爲她的蘑菇不泡漂白劑，吃起來比較健康。母親教我用洗米水浸泡蘑菇，一顆顆胖嘟嘟的蘑菇在白色的洗米水裡滾來滾去，洗過澡之後果然乾淨許多。我總是執意的問母親，蘑菇是不是老闆娘種的？母親說應該是批發來的吧，但我總不相信。小時候我們只願意相信自己喜歡的事物，我認爲老闆娘住在森林裡，她種了許多蘑菇，給小精靈住。也或許，她自己就是一個喜歡做生意的小精靈。

住在美國那段日子，我和家人愛上了蘑菇濃湯。到超市買回蘑菇湯罐頭，和一袋新鮮蘑菇，將蘑菇湯一比一稀釋之後，對半切好的蘑菇放進鍋裡，滾個五、六分鐘就可以起鍋了。煮過的蘑菇不再是塑膠的味道，嚼起來還有些清鮮的甜味。

而我吃過最美味的蘑菇也是在美國，落磯山的一條溪流畔的小木屋裡，我和朋友夜宿在彌漫燃過木柴氣味的房子裡。黎明之際，長角麋鹿穿越森林，敲著窗玻璃喚醒我們。朋友將加鹽的奶油融在平底鍋內，擱進切片的蒜頭煎黃煎香，再放進切片的蘑菇煎成褐色，撒一些黑胡椒粉就可以起鍋了。我們將煎蘑菇鋪在全麥麵包上，吃幸福的早餐。同遊的夥伴來敲門通知我們出發，我們開門時，蘑菇的香味也隨著衝出去，夥伴們露出很驚異的表情：『天啊！這麼香，你們在吃什麼？』更多的夥伴圍過來，大口大口的呼吸，

她的臉上沒有卑微自憐的表情，
每一次看見她，都在菜攤上歡快的跳躍著，
揚起頭來問：『你要什麼？……還要什麼？』
好像她是一個魔法師，可以滿足人們所有的需求。

讚嘆著。

我和朋友帶上門，向早晨的山脈出發，車子轉了個彎，從我們住宿的木屋前經過，彷彿，我仍能嗅聞到奶油和蘑菇的香氣。終於，在許多年之後，當我變成一個成年人，我找到了森林裡小精靈的蘑法屋。

剝開我，你只會流淚

我不知道自己到底喜不喜歡他？
那些情感的火苗或許還沒開始就被太強的道德感和潔癖給扼殺了？
但是，寫著這首詩，
確實像切開一顆洋蔥的嗆咳欲淚。

侍者在桌邊彎下腰，截斷了我和朋友的交談，他問：『我們今天的湯有海鮮濃湯、牛尾清湯以及洋蔥湯，兩位要什麼湯？』朋友說他要海鮮濃湯，我說我要洋蔥湯，侍者彎腰鞠躬，準備離去。朋友一直注視著我的臉，此刻忽然喚住侍者，他說他改變主意了，他也要洋蔥湯。『看妳那麼篤定的樣子，洋蔥湯應該很不錯。』他爲自己的觀察力與決斷感到得意，我卻忍不住要澄清：『我沒有預感喔，我只是看見洋蔥湯都要試試，可是，失望的時候很多。』『喔，這樣啊。』

還好，那一天，我們很幸運，洋蔥湯燉得很入味，而且送進烤箱焗了一下，表層的起士有點焦脆，切細的洋蔥質地很柔軟，幾乎化進湯汁裡，增添了天然的甜味。

『爲什麼對洋蔥湯情有獨鍾？』朋友問。我的湯匙停在濃稠的湯汁裡，一個男人的臉忽然出現，閃了閃，快速的寂滅了。我彷彿很精到的樣子說：『你知道，洋蔥湯不難做，卻不容易做好，所以，要考驗廚師就要點洋蔥湯來試試。』『喔，原來是這樣。』

其實，原來並不是這樣的。原來是什麼樣的呢？

很年輕的時候，那個有著女朋友在身邊的學長，他對社團裡所有的社員都很好，對我尤其照顧，別的同學偶爾會酸溜溜的說，只要有學長罩著妳就好啦，妳是有特權的嘛。和我比較親近的女生會善意的勸告，學長有女朋友的，保持一點距離吧。我一直努力在保持距離，可是，他卻很勇敢，一點也不顧忌旁人的眼光和議論。我過生日時，他請我去一家西餐廳吃飯，他點了洋蔥湯給我，那是頭一次我喝到這種湯，學長說洋蔥燉化了，湯的味道就齊全了。『洋蔥爲了成全湯，壯烈犧牲了？』我一邊說一邊覺得好笑。他卻很慎重的樣子說，爲了眞正的夢想，一定要有所犧牲的。那次之後，便聽說學長和女朋友在談分手，我忽然覺得好恐懼，再也不去社團了，當他們確實分手，我也和他斷了連絡。

他一直持續寫信來，訴說他的情感，告訴我不論要等多久，他一定能找到我那顆眞心。在他入伍服役之前，我寫了一首短詩給他：

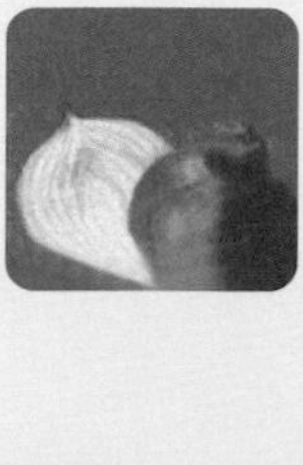

我不知道自己到底喜不喜歡他？
那些情感的火苗或許還沒開始就被太強的道德感和潔癖給扼殺了？
但是，寫著這首詩，
確實像切開一顆洋蔥的嗆咳欲淚。

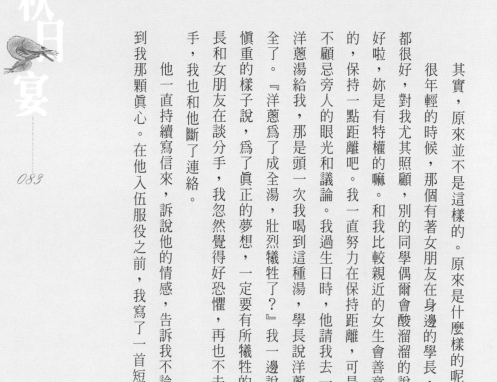

你以爲你找得到／因爲你不知道我／
我沒有心／
我是一顆洋蔥／剝開我／你只會流淚

我不知道自己到底喜不喜歡他？那些情感的火苗或許還沒開始就被太強的道德感和潔癖給扼殺了？但是，寫著這首詩，確實像切開一顆洋蔥的嗆咳欲淚。

我不太喜歡料理洋蔥，最重要的原因，就是止不住的鼻涕眼淚，中年之後，我愈不喜歡眼淚，喜歡更多的歡喜。去吃鐵板燒的時候，面前會有一碟生洋蔥碎末，拌著淡味醬油，脆脆的口感，水果的甜味，毋須燉煮也能感覺。不知不覺，我就把面前那碟吃光了，連牛排或龍蝦或鵝肝也比不上的美味。有一年在屏東，看見堆疊在路邊像重重山丘的洋蔥，一大袋一大袋，都是土地的顏色，因爲豐收的緣故，形成滯銷狀況，我們乘車像是路過洋蔥沙漠。

洋蔥也會有惱人的後遺症，當年老牌影星李麗華去好萊塢拍片，曾抱怨與美國男星拍吻戲最受不了的便是滿口洋蔥味。想一想我還算是幸運的，至今還不曾有人因爲我吃過洋蔥而拒絕親吻，因此，剝開一顆洋蔥，我開始學習微笑。

茄子種在大觀園

鏍皮之後的淨肉茄子，
在醬料中燒煮透了，漾出一股肉香，
入口即化，猶存茄子的野味。
圓茄子的水分更多，在嘴裡的感覺很腴厚。

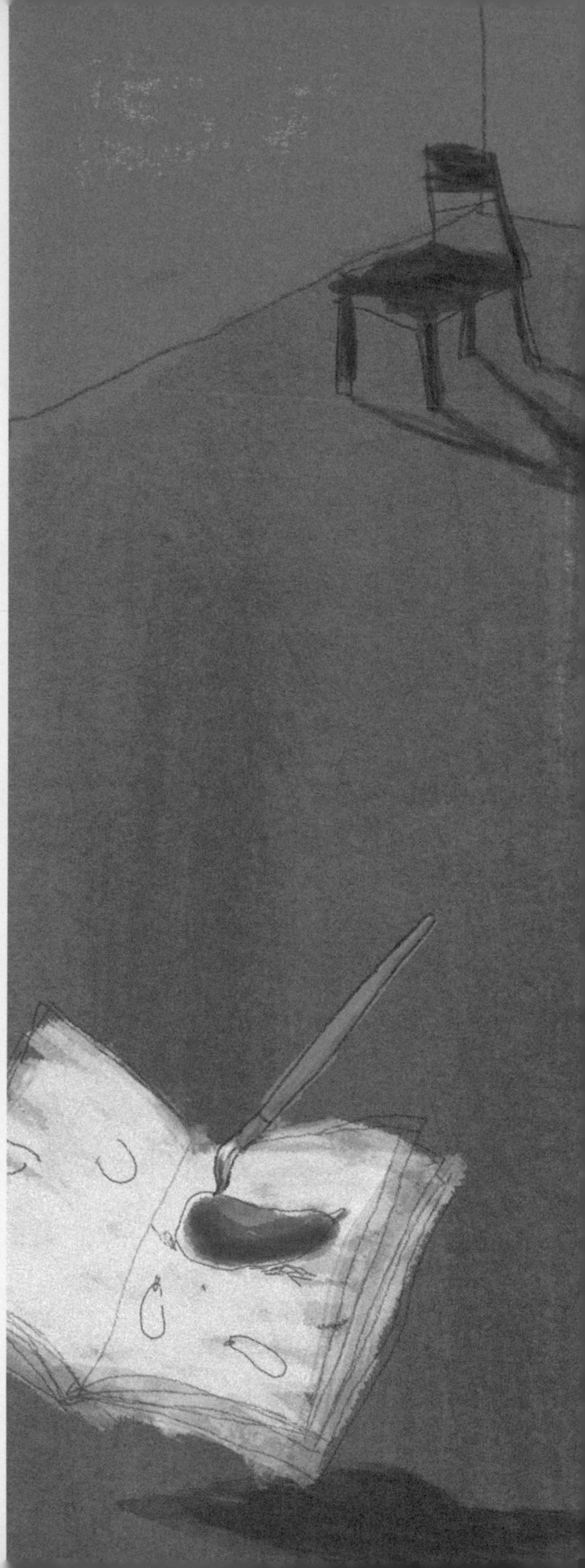

《紅樓夢》第四十一回寫賈府的飲食豪奢，並不寫熊掌、魚翅或是紫駝峰，而寫茄子。說是從鄉下來的劉姥姥，在大觀園裡捧著大酒杯喝酒，賈母教鳳姐餵她吃些茄鯗，鳳姐說：『你們天天吃茄子，也嚐嚐我們的茄子，弄得可口不可口？』所謂茄鯗，按照鳳姐的說法，將新採的茄子鏢去皮，淨肉切釘兒，用雞油炸了，再用雞胸肉、香菌、新筍、蘑菇、五香豆干、各色乾果都切釘兒，拿雞湯煨乾，將香油一收，用糟油一拌，盛在磁罐封嚴，要吃時用炒的雞瓜子一拌上桌。劉姥姥聽了之後，搖頭吐舌說：『我的佛祖！倒得十來隻雞來配他，怪道這個味兒。』她的讚歎或者喟嘆，也是我們這些讀者的。

有些人認爲鳳姐只是信口說說，茄鯗用她的配方是做不成的；有些評論者認爲從一味茄鯗便寫出賈府的奢靡浪費，正是後來敗家敗業的徵兆。我私下的小小想法卻是，看起來曹雪芹也是愛吃茄子的呢，這才是眞正懂得享受的美食家。

我喜歡茄子，從它的顏色和形狀開始。小學時上美術課，老師教我們帶一種水果到學校來做寫生，有人帶來番茄；有人帶來香蕉；有人帶來葡萄，我帶去的是一條彎彎的茄子。老師說茄子可不是水果，我說它比水果的顏色更鮮豔，而且，它的形狀又那麼奇特，好吧，老師勉強接受，讓我把茄子放在講台上，和其他的水果放在一起。結果，那一次的寫生，好多同學都畫了我的茄子。

我有幾個朋友是不吃茄子的，雖然無法說出原因，可就是不喜歡吃，不吃茄子的朋友很多也不吃青椒。這後來變成我的小小測驗，聽見有人不吃茄子，我便立即問：『你也不吃青椒吧？』『咦，妳怎麼知道？』這種感覺很神。

在台灣我們吃的多半都是細長的茄子，到了日本和大陸，就可以吃到橢圓形的茄子，還有白色的茄子呢。有一次陪父親返鄉探親，河北農村裡的親人準備一桌子的菜，其中有一盤像是肥豬肉的料理，塊塊淺褐色，晶瑩透著油光。我小心的避開那盤肥豬肉，直到親人殷勤的挾進我碗裡，教我嚐嚐茄子。茄子？那也是鑤皮之後的淨肉茄子，在醬料中燒煮透了，漾出一股肉香，入口即化，猶存茄子的野味。圓茄子的水分更多，在嘴裡的感覺很腴厚。

一九八八年頭一次去大陸，當時的北京城相當安靜樸實，我們在哈德門附近的小飯館吃飯，便點了一盤醬燒茄子。飯館裡有個身材挺像茄子的胖呼呼的姑娘，招呼得很熱絡，一聲聲趕著我叫『大姐』，我便也叫她大姐，『大姐，給我們一碗米飯。』不料茄子姑娘不樂意了，她噘著嘴：『什麼大姐？人家是小孩兒呢。』是是是，我們連忙向她賠罪。八九年天安門事件發生，哈德門天橋上吊死一個解放軍，我忽然想起那個小孩兒，不知道她是否平安？醬燒茄子那濃郁厚實的滋味仍在我的唇齒之間。

夏日裡我家的茄子是蒸來吃的，整條茄子隔水蒸軟，將內裡的水分按壓出來，擱進冰箱裡冰鎮著。砸些蒜泥，用醬油和醋拌一拌，就這麼沾著茄子吃。茄子本身的味道，被蒜泥激出來，有一種銳利的鮮美，切開淤積的暑氣，讓胃口大開。每次吃著凍茄子，我便想到鳳姐，我一點也不羨慕她的茄鯗，因爲她根本吃不到茄子眞正的滋味。

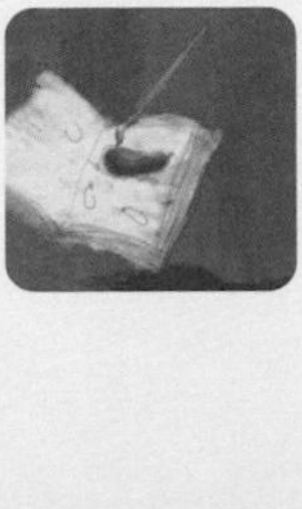

鏤皮之後的淨肉茄子，
在醬料中燒煮透了，漾出一股肉香，
入口即化，猶存茄子的野味。
圓茄子的水分更多，在嘴裡的感覺很腴厚。

黃魚聽雷

從黃河流域來的父親，
對我們說起他童年時代聽見的典故，
說是黃魚的頭裡有小石頭，一到春天打起雷來，石頭變重了，
黃魚沉進深深的海裡，就捕不著了。

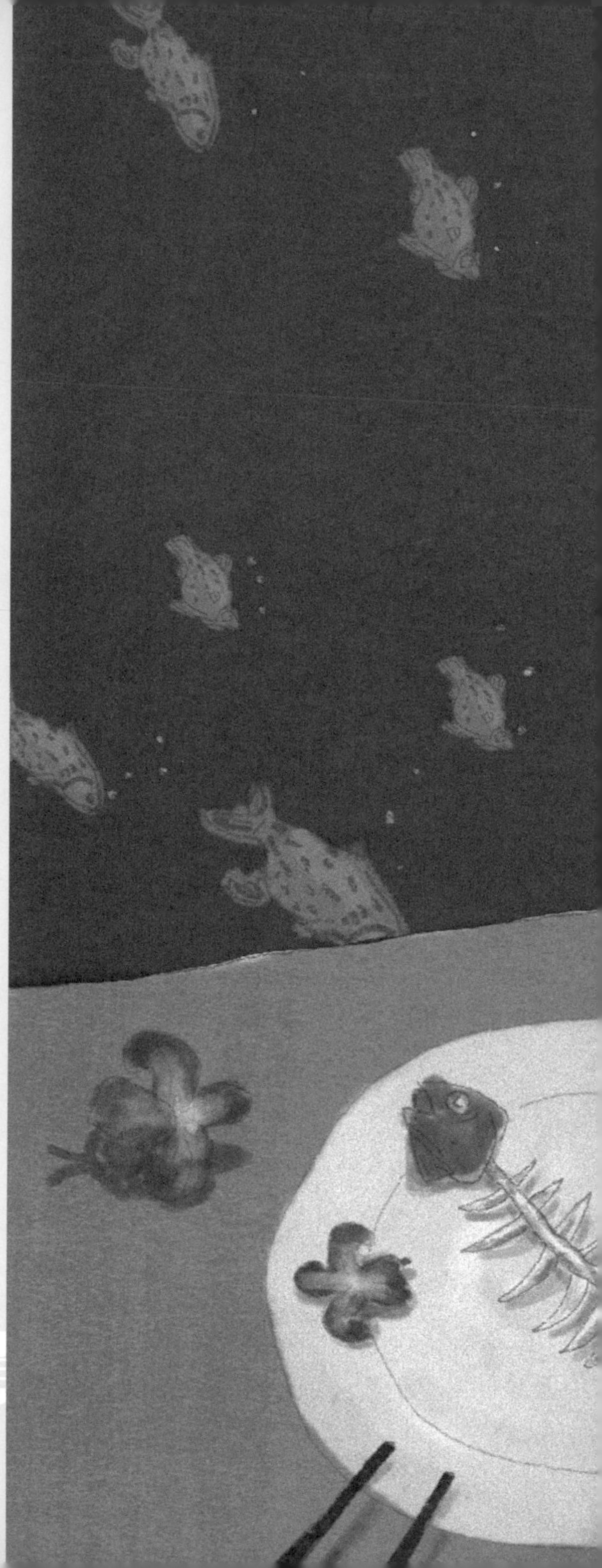

有一段相當長的時間，吃黃魚總令我有一點罪惡感，因爲牠是那樣昂貴的食材。十幾年前的某一天，某個出版社老闆請吃飯，很友善的表示想與我談談出書的可能性，我們約在城內某間著名的中餐廳吃午餐，因爲只有兩個人，我們的菜點得不算多，店主人笑盈盈走過來問，要不要來尾黃魚啊？剛到的，很新鮮，眼睛閃閃發亮呢。她形容得很傳神，彷彿黃魚翻個身就能走上伸展台的樣子。出版社老闆笑起來，問我，來一尾吧？我也笑著，點了點頭。那尾黃魚確實很好吃，筷子一下去，魚肉便崩裂開來，充滿彈性，大約是我兩隻手掌長度的魚，竟然吃得只剩魚頭和魚骨。買單的時候，我正好瞄到價錢，乾燒黃魚，２４００元。不會吧？一條黃魚要兩千多元？就在我微笑著點點頭的刹那，就花費兩千四百元？

然而，那次愉快的餐敘之後，我的書並沒有交給他出版，從此，看到黃魚，便隱隱有著一種不安，總覺得自己也該請他吃一尾黃魚，眼睛肯定要閃閃發亮的。可是，這幾年，黃魚的價格一路滑跌下來，前兩天母親將一尾烹調好的黃魚放在桌上，說是從菜市場標回來的。不知從何時開始，市場的海鮮流行喊價拍賣，『一盤海蝦兩百！有沒有人要？』『一百八？要不要？』我問母親，那麼，這尾相當於我兩隻手掌長度的黃魚，是多少錢標回來的呢？兩百元喔，母親說起來很得意，不錯吧？我在心裡暗暗嘆息，回請一尾黃魚的願望也變得不合時宜了。

小時候菜場的黃魚並不常見，偶爾見到也是不新鮮的，眼睛矇矇的，頭與身體幾乎完全脫離。體形小得如同我手掌一般的小黃魚，春節前後倒是比較容易見到，買回家來通常都是炸酥了吃，連魚鰭都可以嚼嚼吃下去。從黃河流域來的父親，對我們說起他童年時代聽見的典故，說是黃魚的頭裡有小石頭，一到春天打起雷來，石頭變重了，黃魚沉進深深的海裡，就捕不著了。『所以啊，過了年，黃花魚就吃不到囉。』父親把黃魚叫做黃花魚，花字有時候還捲舌，變成黃花兒魚。

年輕時我吃過最豪氣的黃魚是在金門，當時金門還是前線，我曾與一群藝文界人士去勞軍，當時的指揮官宴請我們吃飯，席中有一味牛油酥炸黃魚，半公尺長的肥大黃魚炸成黃金色澤，香味四溢，上桌時所有人都驚歎了。在地下碉堡，喝高粱酒，吃牛油黃魚，成爲我對金門奇異的拼圖印象。

我在上海吃過糟黃魚之後，每次去上海總要點這一味小菜，原來黃魚冷著吃也能沒有一點腥味。而我最懷念的，還是童年時父親爲我們熬的黃魚酸菜煲，小黃魚三、四尾，先煎透了之後，下面鋪上切絲的酸菜梗與酸菜葉，還有蠶豆瓣，淋一些高湯，用小火慢慢煨燉，讓黃魚的鮮味完全被酸菜和蠶豆吸收。那時候早上起床，看見黃魚洗乾淨了一尾尾掛著風乾，再看見蠶豆和酸菜，就覺得好幸福。我在廚房轉來轉去，等著酸菜黃魚起鍋的一瞬間，噴發而起的熱騰騰香氣。黃魚的鮮美與酸菜的醒胃，加上蠶豆的清潤，混合成不可思議的美味。

多年之後，父親才說那時候黃魚多半不新鮮，只好這樣做來吃，酸菜和蠶豆也都是很便宜的，正好可以遮掩魚的腥味。但我總以爲，那是我吃過最豐盛的黃魚饗宴。還記得那時候，我津津有味的配著白飯吃，心中想著，這些小黃魚到底聽過雷聲沒有？

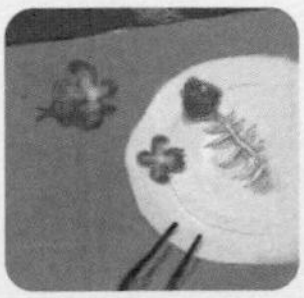

從黃河流域來的父親，
對我們說起他童年時代聽見的典故，
說是黃魚的頭裡有小石頭，一到春天打起雷來，石頭變重了，
黃魚沉進深深的海裡，就捕不著了。

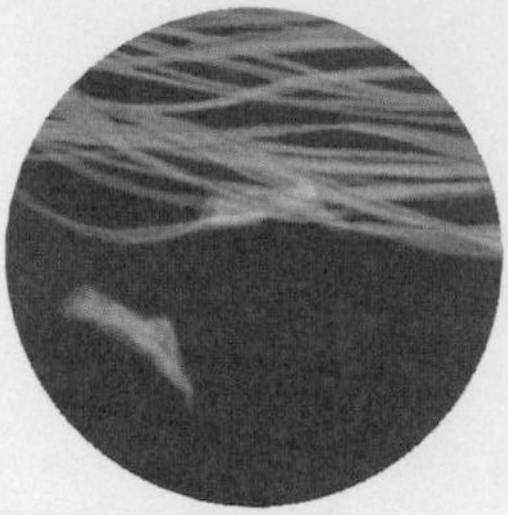

深海緞帶

很小的時候，應該就吃過海帶，
可是，對它的印象一定不怎麼好。
因為它有著濃稠的海潮氣息，
最初的孩童對於這樣深層的回歸，
或許隱隱感到不安吧。

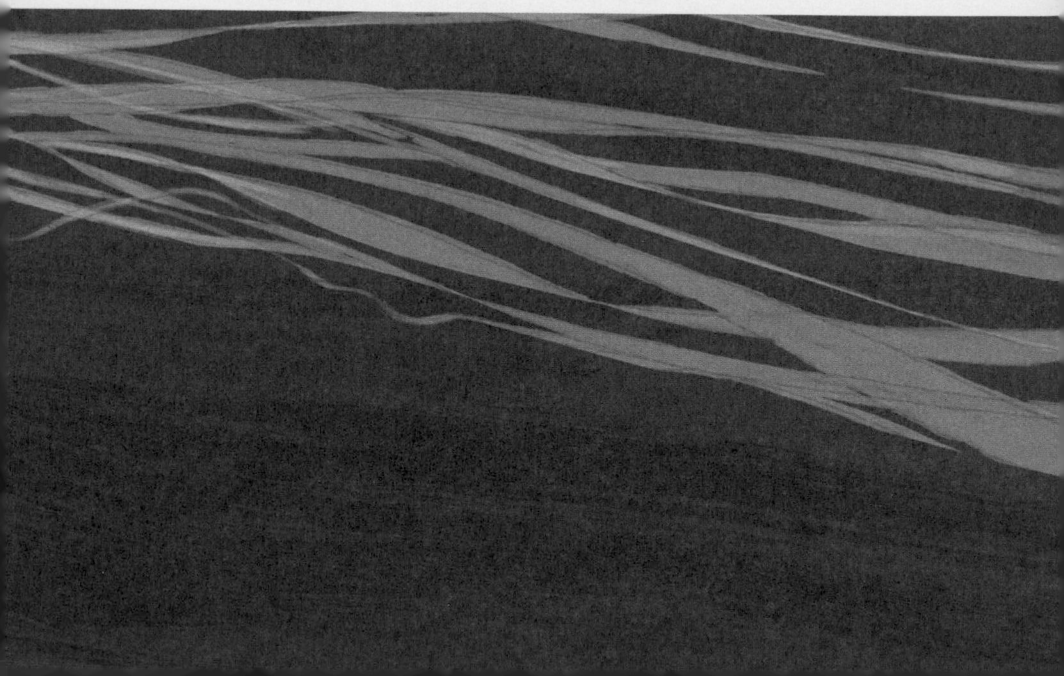

我做過一個奇異的夢，在夢裡把一顆很漂亮的維納斯骨螺包裝起來，那隻瘦長的貝殼，像是長滿刺的骸骨，我用一條光滑的、有厚實感覺的帶子，努力的想將它繫緊，花了好多時間，不是讓骨螺的尖刺傷到手，就是讓帶子從我手中滑開來，然後，我在手忙腳亂的沮喪裡醒過來。那時候喜歡著我的一個男孩子，充當過我解夢人，他說：『這一定是妳的前世吧，妳前世可能是住在海底的人魚公主，用海帶纏起禮物來送人，可是，海帶太滑了，怎麼也抓不住。』我挺著迷於他的解釋，於是又苦苦追問，那麼，貝殼刺到手又是怎麼回事呢？『這就表示妳心裡很畏懼愛情啊，雖然潛意識裡是渴望愛情的，卻又擔心受到傷害。』怎麼忽然

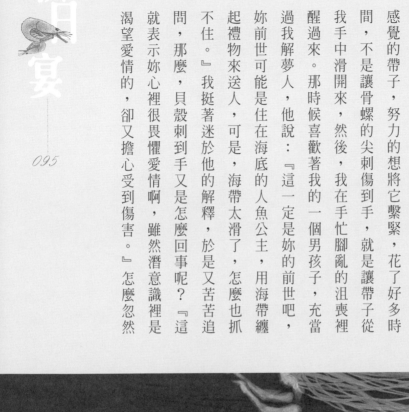

這麼落實起來？我的興趣於是消失了。

很小的時候，應該就吃過海帶，可是，對它的印象一定不怎麼好。因爲它有著濃稠的海潮氣息，最初的孩童對於這樣深層的回歸，或許隱隱感到不安吧。總之，我幾乎沒聽過哪個孩子在很小的時候，就愛吃海帶的。然後有一天，在長長的巷子裡，我看見一個男人，他的頸上累累結著大大小小的深色肉瘤，雙眼凸出，臉孔似乎有些變形，正在喧鬧嬉笑的我們，都嚇到噤聲。大人告訴我們，甲狀腺腫大就會變成這個樣子，如果不想變成這樣，就要多吃一些海帶，補充碘質。這種善意的恐嚇非常有效，我們這一票小孩從此之後都是海帶的忠實愛用者，吃著吃著，漸漸習慣了那種特殊的來自深海的氣味，也就漸漸長大了，期待著深沉的回歸。

我家常常燉熬豬骨湯，燉出奶白的湯汁，再把海帶擱進去一起煮，海帶嚼在嘴裡ＱＱ的，含著植物的膠質，只是每次下鍋之前都得浸泡一段時間，把它泡軟了才好料裡。有一種海帶質地比較硬，久煮不化，我更偏愛的是另一種煮著就軟掉了的海帶，它把奶白的湯汁染成墨綠漸層，入口即

化。

最醒味的應該是韓國人的醋海帶，薄薄的浸在酸酸甜甜的醬料裡，一筷子送進口裡，兩頰便迅速分泌甘香的唾液。我也喜歡在家裡滷菜滷到尾聲時，請父親滷幾段海帶，通常是把泡好的海帶用牙籤串起來，放進滷汁裡，滷得透透地。去吃小攤的切仔麵或米粉湯，看見海帶就忍不住點一份嚐嚐，只是失望的時候多些。海帶本身的韌性使它成爲考驗火候的最佳工具，沒有入味的海帶嚼起來多麼像塑膠。

家裡並不常滷海帶的原因是，父親說滷汁一浸過海帶，就很容易壞，再不能保存了。這彷彿也成爲一則寓言，像海帶一樣的人生，也就是走向尾聲的人生了。

我卻最愛海帶絲炒豆芽，先放一點蘇打粉將海帶絲在水裡煮軟了，用肉末與蔥花爆香油鍋，淋少許醬油與米酒，激出肉香來，接著放入海帶絲，將仍有些硬挺的海帶絲炒到更柔軟些，才放進黃豆芽一起熗炒，最後落一點紅辣椒提個味，就可以上桌了。這是我們的家常菜，截至目前爲止還沒在別處

很小的時候，應該就吃過海帶，
可是，對它的印象一定不怎麼好。
因為它有著濃稠的海潮氣息，
最初的孩童對於這樣深層的回歸，或許隱隱感到不安吧。

吃過。炒到最理想的狀態，就是原本堅硬的海帶軟糯了，充滿肉汁的香郁；原本易疲軟的豆芽菜卻顯現異樣精神，唇齒間清脆有聲。就像是一種和諧的愛戀關係，來自深海，在潮濕中孕育，舒展在明亮的陽光裡。

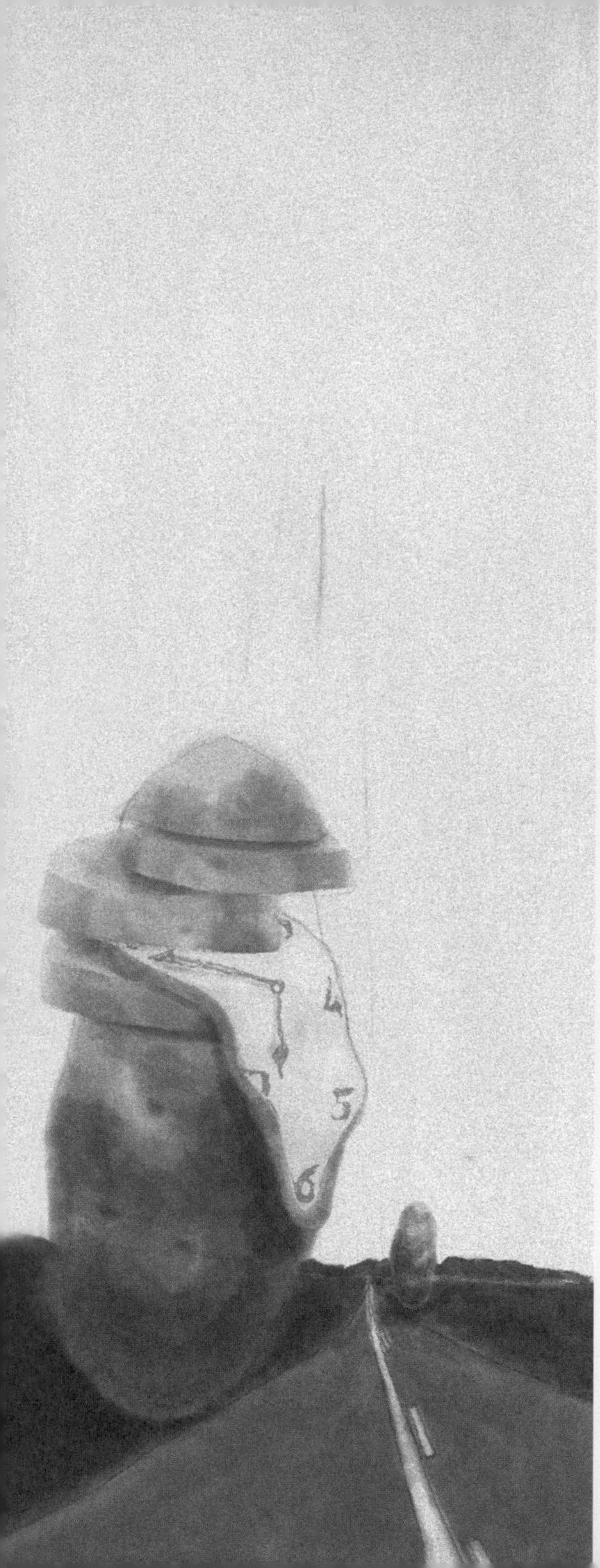

怎能缺少馬鈴薯

我一遍遍的詢問嘗試的母親，是這個味道嗎？
母親一遍遍的放下叉匙，搖頭再搖頭。
我開始覺得，
我們永遠也找不到那種夢想中的奶油醬了，
這已經變成母親恒長的鄉愁了。

馬鈴薯在我小的時候是叫做洋芋的，很清楚的標示出它的來歷，原本就不是中土食物。但是，小時候我們就喜歡吃它，特別是在蛀牙或換牙的年紀，軟綿綿的馬鈴薯是這麼容易咀嚼的東西，安慰了我們童稚的心靈。對於馬鈴薯我還有另一種奇特的浪漫印象，是從母親的敘述中得來的。

母親唸的教會護理學校，還有她後來任職的醫院都是吃素的，正值發育期的母親和她的同學們，總憶念著校外那些餐館裡的紅燒肉或者牛肉麵，卻又謹守規矩，吃著青菜豆腐和蛋與奶。母親說那時候最盼望著聖誕大餐，餐廳裡烤好許多馬鈴薯，熱騰騰地，從中間切開來，澆進一種奶油醬，香味四溢，用湯匙挖著吃，拌進奶油醬裡的馬鈴薯泥，就像是凝固起來的牛奶一般，柔綿醇厚。從小母親就說，將來家裡買了烤箱，就可以烤馬鈴薯來吃啦。

三十幾年前，家裡要買一個烤箱，眞的並不是容易的事。後來，我們終於擁有了烤箱，母親烤了夢想的馬鈴薯，卻調不出那種奶油醬。是不是酸奶油再加培根？還是鮮奶油再加起士？我們四處明察暗訪，關於奶油醬的調製方法，在西餐廳裡用餐的時候，看見烤馬鈴薯也絕不放過。是這個味道嗎？我一遍遍的詢問嘗試的母親，是這個味道嗎？母親一遍遍的放下叉匙，搖頭再搖頭。我開始覺得，我們永遠也找不到那種夢想中的奶油醬了，這已經變成母親恆長的鄉愁了。

前兩年我們一起去黃石公園旅行，有時自己在旅店烹調，有時也去西餐廳吃點美食，那一次，意外的遇見了澆著奶油醬的馬鈴薯泥，母親說味道聞起來很像，我們圍著她看她品嘗，她吃了一口，露出欣慰的微笑說：『就是這種口味。』我們忍不住歡聲雷動，那天的進餐氣氛是那樣熱烈歡欣，然而，我發現母親只吃了幾口，就不再碰了。我問她找了四十幾年才找到，怎麼不多吃一點？母親有些爲難地說，她以前都可以吃好多的，現在不知道爲什麼，吃了幾口就覺得膩了，再吃不下。我其實知道是爲什麼，四十幾載的歲月，讓很多事情都改變了。

我一遍遍的詢問嘗試的母親，是這個味道嗎？
母親一遍遍的放下叉匙，搖頭再搖頭。
我開始覺得，我們永遠也找不到那種夢想中的奶油醬了，
這已經變成母親恆長的鄉愁了。

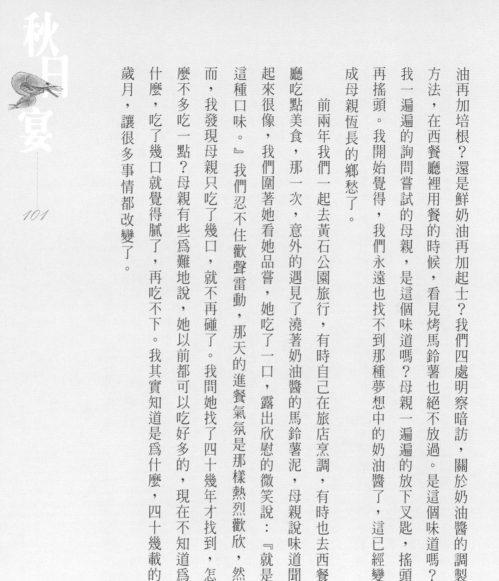

我也曾經有過狂戀馬鈴薯的經驗，是在北海道。小小圓圓的馬鈴薯，緊實高密度，烤過之後自然有著奶油的甘香，細細咀嚼，化散在唇齒間，纏綿許久。我還記得在小樽的秋日街頭，微微涼意，在路邊的椅子上坐著，剝開剛烤好的馬鈴薯送進嘴裡，一邊呵著熱氣，一邊打量路上行人的溫暖愜意。

離開北海道之後，我對馬鈴薯其實並沒有那麼強烈的熱情，但我真的很佩服它的變化多端與不可或缺，洋人如果沒有馬鈴薯，沒有薯條、洋芋片和洋芋泥，該怎麼過日子？東方人的咖哩料理，不管是咖哩雞或是咖哩牛，沒有馬鈴薯就少了一些質感。

在我家裡有一種清爽的馬鈴薯料理方式，很適合夏天。馬鈴薯切成細絲，配一些青椒與紅椒，也切成細絲，油鍋裡的油溫熱之後，先將馬鈴薯下鍋，炒到漸漸透明，再放進青、紅椒一起拌炒，如果喜歡青椒、紅椒的脆感，就不要在火上停留太久，臨起鍋前淋點白醋，色彩鮮豔，爽脆可口。

對於許多小孩子最鍾愛的麥當勞薯條，我個人在台灣的時候是絕無興趣的，然而一出國抵達人生地不熟的歐洲國家，看見麥當勞的標誌卻有一種說不出來的親切感與歸屬感，恨不得馬上投入它的懷抱。這時候炸薯條就變成非理性的最愛了，我可以吃完一包接一包，全無意識地，直到同行夥伴喝令我停止。然後才發現，馬鈴薯原來也是我的一種鄉愁。

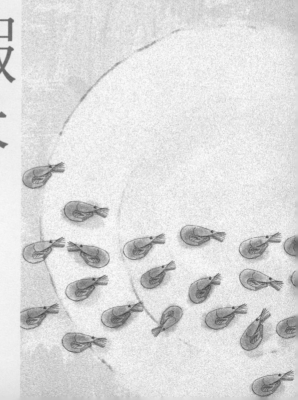

相親相愛小蝦米

以前的蝦米有一種放置過久之後腐朽的氣味，
嚼在嘴裡鬆鬆的，沒有滋味，只剩下腥。
可是牠卻有那麼美麗的名字，
叫做『開陽』，彷彿見了牠天便亮了。

我曾經覺得小蝦米很可憐，孩子們總是這樣唸著：『大魚吃小魚，小魚吃蝦米。』在我童稚的認識中，小蝦米就是食物鏈的最底層，是最卑微的，只能被吃掉。小時候我也不那麼喜歡吃蝦米，以前的蝦米有一種放置過久之後腐朽的氣味，嚼在嘴裡鬆鬆的，沒有滋味，只剩下腥。可是牠卻有那麼美麗的名字，叫做『開陽』，彷彿見了牠天便亮了。

開陽炒白菜，是吃館子常點的一道菜，大白菜的縫隙裡棲著幾隻蝦米，我愛吃大白菜卻不喜歡開陽，便一隻一隻的撿出來排在桌子上，彎彎的蝦米一隻兩隻有種被扔棄的孤伶伶的可憐相，四隻五隻放在一起忽然就不同了，牠們群聚著，像是回到海裡一樣，相依相伴的，看起來就熱鬧了。

漸漸地我長大，蝦米愈來愈多也愈新鮮了，我看見大人們在攤子上買蝦米，攤販吆喝著：『來啊來啊，我們的蝦米有夠新鮮，味道超好，嚐了就知道。』我心裡想，生的蝦米又不是葡萄，要怎麼嚐啊？正在犯疑惑，就看見一個顧客伸手拈起一隻蝦米送進嘴裡咀嚼起來，津津有味的樣子。『給我一斤啦。』我聽見她向老闆說。蝦米可以這樣吃起來的嗎？我家的蝦米不管是煮冬瓜湯還是炒開陽白菜，都要先過油的，總要在熱油裡吱吱叫個幾回才料理，母親的說法是在油裡煎一煎味道才會香。難道，那些蝦米是熟的嗎？母親說當然不是，只是，蝦米曬乾了，裡面的水分都消失了，吃起來就沒有腥味了。這就是所謂的『海味』啦。

要說起對於海味的領會，我最愛的地方就數香港的西環海味一條街了。搭上縱貫港島的百年電車，隨著香港人晃晃悠悠的往老香港走，過了中環接近上環，便嗅到海潮的氣味了，海風吹進車裡糾纏著女人的長髮，一個大轉彎，窟窿窟窿，往海味街而去。

先是兩三家，懸掛著鹹魚的舖子，店門口貼著鮮紅色的告示，寫著『酬賓特賣』之類的大字，門口的夥計賣力吆喝著。接著愈來愈多密集的海味舖子，鹹魚的與各種風乾的海鮮氣味撲鼻而來。我選擇舖子最集中的那一站下車，先拐進旁邊的小巷子裡，食一盅手磨核桃露，再展開海味之旅。

有一次陪著我們的是一位從昆明移民到香港的年輕女作家，她的爽朗自在和樂觀，便使我聯想到『開陽』這個名詞。我們在她的陪伴下看見許多已經乾燥如木乃伊的海裡生物，像是海馬啦、海星啦，寥寥可數的幾個老外在我們身邊，聽說這些東西都是可以燉湯來進補的，嚇得臉色都變了。那一次我買了一隻鹹魚，一大包大蝦米，回家來吃了整整一年。年輕女作家當時正在咳嗽，店家介紹她買兩隻乾蜥蜴回家煮水喝，喝了便好。蜥蜴已開膛淨肚，四腳被綁成十字架的形狀，像是塑膠做成的玩具，我們的朋友就這樣拿著兩隻蜥蜴穿越冬日明亮的街頭。

蝦米實在太小，在餐桌上很難成爲主角，我家卻有一道開味小菜，是用最小的蝦米做成的，幾乎呈現透明色澤的細小蝦米，在我家叫做『蝦皮』。先將紅辣椒切成末，撒進油鍋裡，再置入一大把蝦皮，用小火拌炒，放一些鹽，蝦皮從米白色變成金黃色，再擱一些蔥末與蒜末，炒得香噴噴的便可以起鍋了。這是父親的發明，讓一向只是配角的蝦米也能成爲主角，只是因爲牠們實在太小，所以，當主角的時候還是得以群體方式出現。

但我其實很羨慕蝦米相親相愛在一起的樣子，因爲，年齡愈大，我愈感知到自己的渺小。

以前的蝦米有一種放置過久之後腐朽的氣味，
嚼在嘴裡鬆鬆的，沒有滋味，只剩下腥。
可是牠卻有那麼美麗的名字，
叫做『開陽』，彷彿見了牠天便亮了。

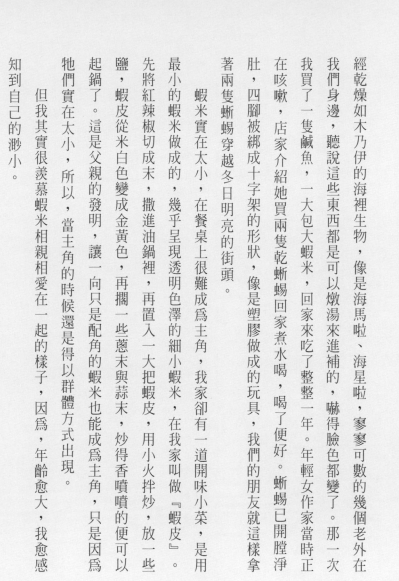

蚵仔的陽光

我曾在美國巴爾的摩的海港邊吃過半打生蠔，
那是我最豪放的一次吃蠔大行動。
那些蠔有著珍珠的色澤，一點氣味也沒有，
將醬料放進去，挖起來吃，很豐腴的性感，通體清涼。

夜市裡人聲鼎沸，我和朋友好容易才擠到兩個人的座位，這個攤位最有名的就是米粉湯和炸蚵仔，當然要點來嚐嚐。裹粉酥炸成金黃色的鮮蚵送上桌來，挾起來送進嘴裡輕輕一咬，豆腐的口感，濃郁的鮮味。我想起一個不敢吃蚵的朋友，她覺得蚵味異常腥膩，小時候被母親逼著吃蚵，只好用湯匙舀起來，像吞食維他命那樣的吞進肚子裡。『有那麼可怕嗎？』我詫異地。『你們都不覺得嗎？』朋友也很詫異。

對於食物的喜好或憎惡，一定都有某些線索可循的吧，只是我們遺失了隱密的線索。意識裡已經遺忘了，只有味覺還記得。

那天在夜市，我和朋友吃了好久，『俗又大碗』的炸鮮蚵還沒吃完，我們的讚美聲漸漸沉默，舉箸的速度愈來愈慢，互相推讓，最終全然放棄。老闆娘來幫我們算帳，隨口問著：『要不要打包？』『不用！』我們激動地、異口同聲的喊著。

然後，我忽然想到那個不愛吃蚵的朋友，想到我問她的那句話：有那麼可怕嗎？

記得我唸小學的時候，老師帶我們去海邊旅行，可以看見採蚵的漁民，可以看見他們把殼撬開，將濡濕的蚵仔剔出來。剛剛離海的蚵一點腥味也沒有，我們都圍在旁邊看。另一邊是撬開來的殼，堆成一座小坡，殼很堅硬，保護著柔軟的內裡，在黑暗中慢慢長大。牠或許從來不憧憬陽光，見到陽光的那一刻，就是牠的生命終結的時刻。那一天，我覺得陽光是令人憂愁的，因爲蚵的緣故。

父親早年在軍旅中飄流，他在大陳島待過一段時間，印象最深刻的除了海市蜃樓的奇景，就是好吃的鮮蚵了。漁民剛捕上岸，這些年輕的士兵一擁而上，就著撬開來的殼，唏哩呼嚕地滑進喉管裡，來自黃土高原，連海也不曾見過的燕趙男兒，在戰火中品嘗了海洋的原味盛宴。

長得夠大的蚵就變成蠔了，我曾在美國巴爾的摩的海港邊吃過半打生蠔，那是我最豪放的一次吃蠔大行動。每顆生蠔大約有手掌大小，點過之後，就站在桌檯邊吃，連座位都沒有，點半打算是太小兒科了，許多老外都是一打兩打的吃呢，如果你只點兩、三顆，是不會有人搭理你的。那些蠔有

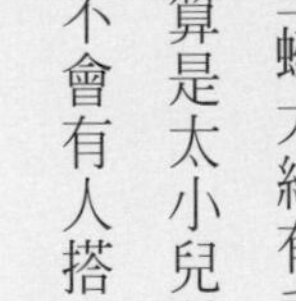

我曾在美國巴爾的摩的海港邊吃過半打生蠔，
那是我最豪放的一次吃蠔大行動。
那些蠔有著珍珠的色澤，一點氣味也沒有，
將醬料放進去，挖起來吃，很豐腴的性感，通體清涼。

著珍珠的色澤，一點氣味也沒有，將醬料放進去，挖起來吃，很豐腴的性感，通體清涼。我在巴爾的摩留到冬天，朋友來探望，便帶他來到海港吃蠔，他見蠔心喜，點了一打，邊吃邊讚美，吃過七、八隻開始便冷得全身發抖，彷彿吃進去的每一隻蠔都在吸收他體內的熱氣。原來那些生蠔都是冷藏起來的，冬天吃生蠔簡直要人命。

如果菜單上有鐵板鮮蚵，我通常都會點來嚐嚐，總覺得在家中料理鮮蚵頗麻煩的，加了蔥蒜辣椒烹調的鮮蚵，爽口下飯。可是，吃蚵仔麵線的時候，我都會叮囑老闆：『不要蚵仔喔。』因為麵線裡的蚵仔感覺特別腥。

少女時代有個好朋友，是福州人，我們去她家吃飯，她家餐桌上有一道菜就是蚵仔蒸蛋，出人意料之外的鮮美可口，到現在我還記得，卻已經和朋友失去連絡，再也吃不到了。

我吃過最特殊的蚵仔料理是在澎湖的海鮮店。那時候麥當勞還沒有進駐，最多的就是瓊麻與陽光，我們吃到的是用剛剛撬開來的生蚵涼拌，拌料是醋和芥末，整碗綠綠的黏稠，看起來不怎麼開胃，吃起來卻令人驚豔，酸味與衝味融合得恰恰好，一醒被豔陽曬昏的脾胃。那是頭一次，我吃了那麼多蚵仔，卻一點也不嫌膩。

饅頭的預言

我喜歡過年時去那裡買幾顆特別大的，
頂上嵌著紅棗的饅頭，回家祭祖。
這種饅頭堆在桌上，聲勢浩大，
不僅今年豐收、明年豐收，
彷彿還可以豐收到地老天荒的樣子。

雪白的饅頭給我的印象是豐足的，也是匱乏的。我喜歡看見剛剛蒸好的饅頭，冒著熱氣，像小山似的積疊著，就算是冰雪蔽天，就算是兵亂天災，彷彿也無所懼怕，反正我有饅頭。但我也在許多戲劇裡看見捱餓的落魄的人，走過市集，看著冒熱氣的饅頭猛嚥口水，終於抵不住誘惑偷了一個，被追打著匍匐在泥地上，還不忘將饅頭硬往嘴裡塞，貪婪的咀嚼著。那時候總覺得饑餓到要偷饅頭，恐怕就是悲慘人生的極致了。

　　最初我的饅頭經驗，是村子裡黃昏時分午覺醒來，聽著老兵踩著腳踏車繞圈圈，一邊喊著：『飽子悶頭』的聲音，濃濃的鄉音，發不準『包子饅頭』。可對於我們這些小孩子來

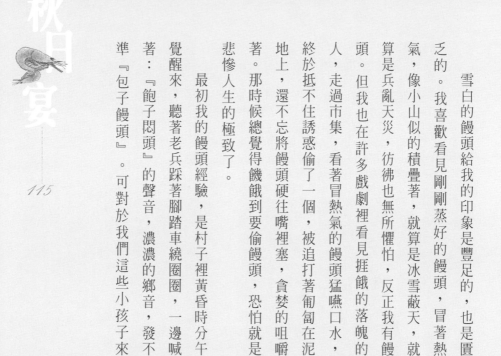

說，喊聲並不重要，重要的是老兵掀起後座的箱子上厚厚的棉被，那些圓圓的包子和饅頭便露出來，也像是剛剛醒來的樣子。一塊錢一個的饅頭是所謂的『機器饅頭』，用機器做的，軟綿綿，正好適合換牙的孩子。饅頭裡總要擱點白糖或是紅糖，加味的口感，爲午餐已經消化而晚餐還沒著落的我們，滅了肚子裡的那把火。

除了機器饅頭，家裡自己蒸的饅頭也很受歡迎。那一年家裡忽然來了兩三層的竹製蒸籠，許多時候廚房裡都像恐龍似的吐著氣，小小的白麵糰放進蒸籠裡便開始計時，時間一到我們衝鋒陷陣趕到爐火旁，熄火之後，父親打開蓋子，母親以迅雷不及掩耳的速度，用尖尖的竹籤朝每顆饅頭頂上戳個洞，讓熱氣釋放出來，渾圓的饅頭才得以保持它的飽滿與弧度，否則，與涼空氣一接觸，就像水分都被抽乾似的癟下去了。有一個鄰居家的小孩觀看了我們的饅頭啓用大典之後，幽幽的說：『饅頭好可憐，剛剛生出來就要打針。』霎時間高高舉起來的母親的手，差點刺不下去。

現在有不少手工饅頭店，標舉的都是山東大饅頭，店門前也總是大排長龍，揉麵的人穿著很少的衣服，賣力的搓揉麵糰，白色的麵粉紛紛飛起，確實是力與美的場面，頗爲動人。對於科技與機器失去興趣的現代人，著迷的就是人類純樸而原始的力量。我喜歡過年時去那裡買幾顆特別大的，頂上嵌著紅棗的饅頭，回家祭祖。這種饅頭堆在桌上，聲勢浩大，不僅今年豐收、明年豐收，彷彿還可以豐收到地老天荒的樣子。小時候我家吃饅頭有種特別的方式，將饅頭切成厚片，放進油鍋裡煎到兩面金黃，再撒一些細鹽在表面，趁熱吃，酥脆的表皮與柔韌結實的內裡，結合成奇異的口感。不用花生醬或果醬；也不用豆腐乳或奶油，自然順口。少女時代唸五專，校門口有一家早餐店，賣的是饅頭夾蛋，我幾乎天天買一個，炒雞蛋加上青蔥，不知道爲什麼夾在熱騰騰的饅頭裡可以激發出這麼銳利的香氣？我吃完一個饅頭夾蛋，便覺得自己活力無窮。

現在流行的饅頭都很小巧，在人人『自肥』的這個時刻，食物都採用精巧路線，並且有各種口味，像是牛奶饅頭、芝麻饅頭、花生饅頭、草莓饅頭、巧克力饅頭，等等等等，但我發現我此刻最想要吃的是手工大饅頭，純粹的麵粉香，體會著麥子在陽光裡等待成熟，並預言著一場豐收。

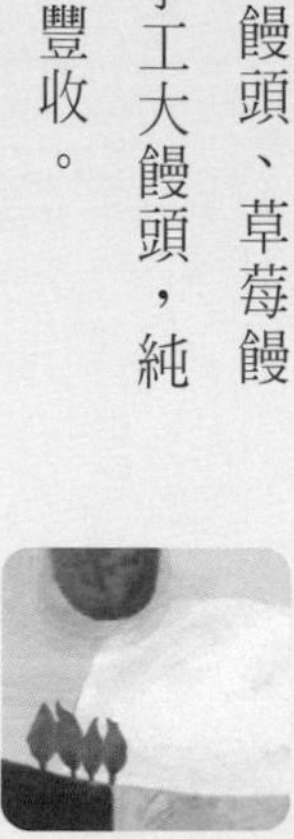

我喜歡過年時去那裡買幾顆特別大的，
頂上嵌著紅棗的饅頭，回家祭祖。
這種饅頭堆在桌上，聲勢浩大，
不僅今年豐收、明年豐收，彷彿還可以豐收到地老天荒的樣子。

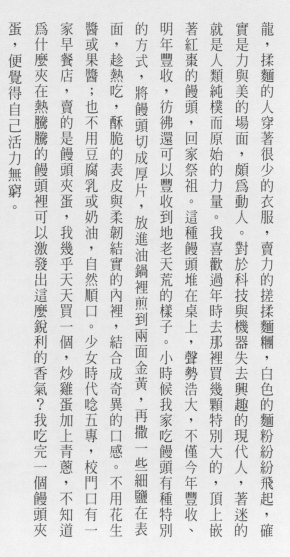

冬日宴

戲院門口那時候總有一些小攤子，賣著烤魷魚、烤玉蜀黍，
　　從寒冷的街道上走來，買了票，剩下的零錢買一支烤玉蜀黍，
拎著進戲院。
　　　　烤得好堅硬，塗滿醬料，淋漓盡致。
暖暖的看完一部電影，也笑了也哭了，
　　走出戲院，咚一聲，很響亮的把梗子扔進垃圾桶。
對於寒流，彷彿睥睨無所畏懼了。

溪邊的打某菜

醒著的時候，便渴想火鍋，
在所有的火鍋配料中，
我最情有獨鍾的就是茼蒿。
趁著天冷，我們趕著最後一攤火鍋，
然後就收拾起鍋子，收拾了冬天。

已經是春天了，忽然又寒冷起來，深夜時分，我喜歡鑽進輕輕厚厚的羽毛被裡，就像潛進深深海底的一尾魚，安靜的熟睡了。醒著的時候，便渴想火鍋，在所有的火鍋配料中，我最情有獨鍾的就是茼蒿。趁著天冷，我們趕著最後一攤火鍋，然後就收拾起鍋子，收拾了冬天。聽見母親喊著，來吃飯囉。我歡快地從電腦前起身，奔到桌前，看著鋪滿桌檯的大白菜啦、牛肉豬肉啦、鴨血豬皮啦、豆腐金針菇啦、魚丸燕餃啦……像閱兵似的看過一遍，我朝廚房裡喊：『茼蒿呢？』就好像茼蒿是我的最要好的朋友，她沒來就不能上桌吃飯。母親說菜場裡恰好找不到茼蒿，可能是前一陣子天熱，菜農都不種茼蒿了。我的興高采烈忽然沉了下去，沒有茼蒿的火鍋，怎麼收拾得了冬天呢？

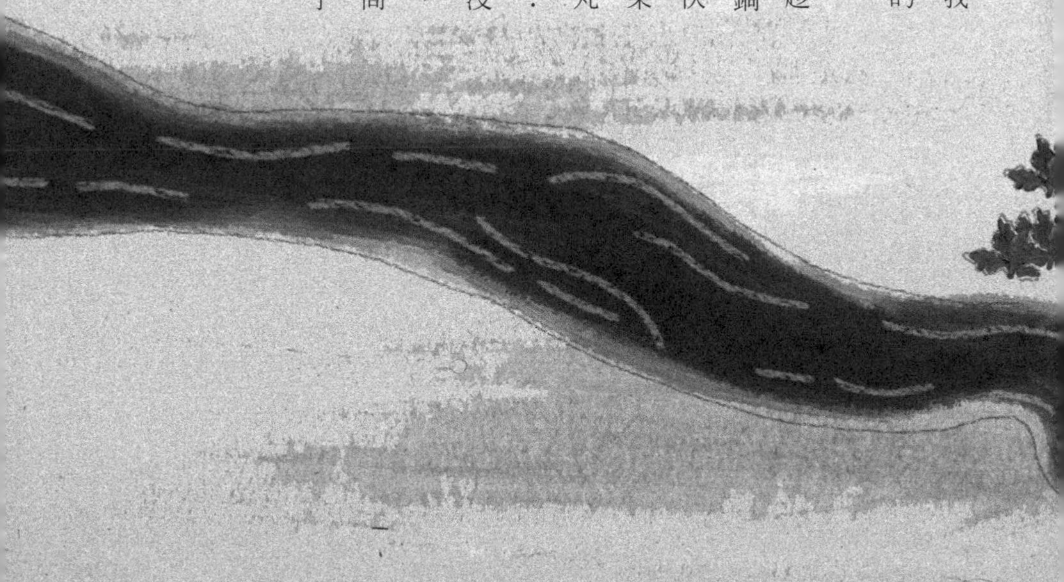

我曾經不喜歡茼蒿的，因爲它有強烈的氣味。小時候母親哄我們吃茼蒿，就會說這種菜營養又乾淨啊，都沒有菜蟲。『是啊。』我嘟嘟囔囔地：『這麼難吃，蟲子當然不吃囉。』父母親炒完菜之後，將鍋裡剩下的湯汁加一些水，晃蕩一下，煮成湯，還有個挺寫實的名字，叫做『洗鍋水』。幾顆綠蔭蔭的茼蒿漂浮在洗鍋水上，喝不出滋味的湯，蟲也不吃的茼蒿菜，很難令人產生好感想。直到那一年，我吃到一鍋鹹湯圓，才對茼蒿改觀。

鹹湯圓是伍太太做給我們吃的，伍太太是母親在撐持一個育嬰中心時的好幫手，夜以繼日十四個大小娃娃實在不是母親一個人能夠承擔的，於是便找來家住附近的伍太太幫忙洗尿片和做清潔。雖然還不明白婚姻與家暴是怎麼一回事，卻已經聽說伍太太的丈夫『不是好東西』，喝醉酒有時候打小孩會打到馬路上，但是伍太太挨打是不會跑出門來的，因爲家醜不可外揚。她從不張揚這件事，卻不知道爲什麼街坊鄰居好像都知道，全約好了就瞞著她一個人似的，連我這個半大不小的孩子都知道。

母親與伍太太相處得很好，冬天裡有一次伍太太煮好了鹹湯圓送來我家，那是我頭一次吃到鹹的湯圓，咬開來裡面鮮肉的滋味很好，一兜肉汁暖和和流出來，不致灼傷的那種熱度。煮湯圓的湯是用大骨頭熬的，淺褐色的，幾株小小的嫩綠的茼蒿。當我津津有味吃著湯圓，母親卻讚嘆著，哪裡買得到這麼靚巧的茼蒿？菜市場裡的都浸過水，很容易就糜爛了。伍太太很開心的說，她在溪水邊自己種了一片菜園，如果太太喜歡，下次可以自己來採啊，很新鮮，都沒有農藥的。她習慣叫母親『太太』，母親堅持稱她伍太太，並且告訴我們，她和伍太太都是勞動的人，沒什麼分別。

可能是對那片菜園的美好想像，可能是對那鍋鹹湯圓的好感，我竟然開始喜歡吃茼蒿了。聽老師說茼蒿又叫做『打某菜』，因爲一大盆下了水只煮成一小碟，丈夫以爲妻子偷吃了，便打她一頓教訓一番。同學聽了哈哈大笑，偏偏我笑不出來，我想到了伍太太，想到她的菜園，想到她挨打時絕不逃出家門的自尊。那個丈夫後來喝醉酒出了事，過世之後，逃家的孩子都回來了，半工半讀的把書唸完，伍太太不幫人做事了，只是天天去菜園照料她的茼蒿菜，變快樂也變年輕了。自從溪畔的堤防重整之後，菜園都填掉了，

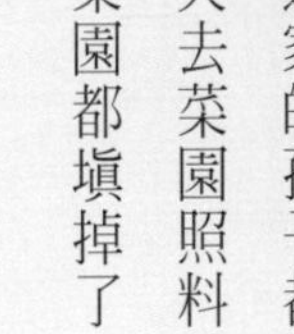

醒著的時候，便渴想火鍋，
在所有的火鍋配料中，我最情有獨鍾的就是茼蒿。
趁著天冷，我們趕著最後一攤火鍋，
然後就收拾起鍋子，收拾了冬天。

我們很少有機會見到伍太太，和她的茼蒿菜。

我仔細觀察過茼蒿，它們的葉片上覆著一層細細的絨毛，那樣野洌的清香，很有生命力的感覺。然而，在火鍋的油滑湯汁裡一過，就變得既柔軟又光亮，正像是許多身世坎坷的女人，現實的熱油煉煮之下，愈發光采煥發了。

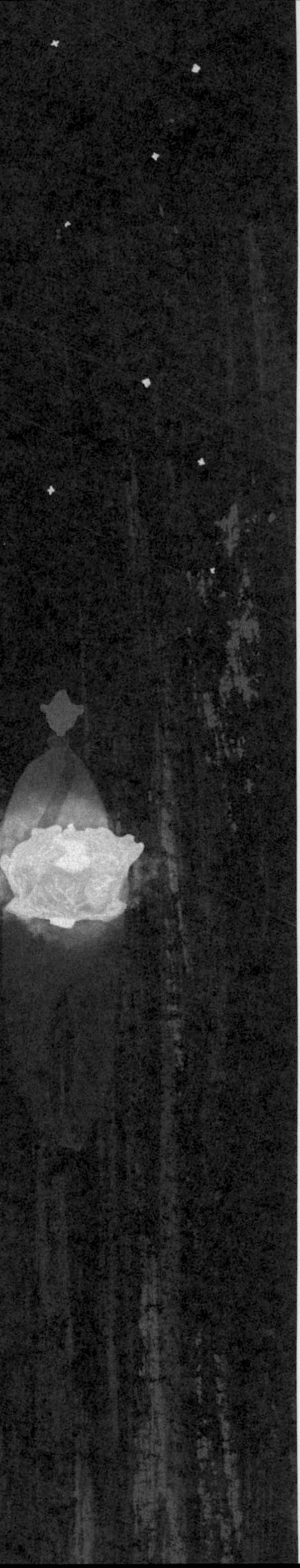

玻璃化爲煙羅紗

他說他還是覺得叫做玻璃菜聽起來很危險，
玻璃不是隨時可能破碎的東西？碎了還會割人？
我說很多事情都很危險的，
可是它一定有著足夠的魅力讓人願意一試再試。

朋友在很夜了的時候，來到我家樓下，爲的是送我一顆高麗菜。他說自己剛從中部的一座山下來，去山上閉關幾天，心情一直不好，後來有一天，他沿著山徑散步，看見賣高山蔬菜的婦人，堆疊了小山頭一樣的高麗菜，正在叫賣。他忽然記起我說過高山上的高麗菜特別鮮甜好吃，於是就買了兩顆，沉沉地提在手中，不知道要往哪裡去。就這麼走著走著，來到停靠路邊的車子旁，於是，他想著，不如把菜送去給我吧。就這樣，他離開山上，回到城裡，停在我家樓下。

這個朋友，自從與人合開公司被倒賬之後，很有些萬念俱灰，原本是要出國去一陣子的，偏又碰上SARS，他就這樣小規模的失蹤一段時間。看見他捧著一顆圓圓的高麗菜，站在面前，我放心了，也覺得這模樣有些滑稽。

看見我笑，他也笑了，怪彆扭的把菜塞給我：『哪。妳說妳最愛的！』我抱著菜，很感動的樣子說：『想不到你還記得。』朋友說很多年輕的事都記得啊，比方說我給高麗菜的奇怪的名字。我很少叫高麗菜這個名字，也不叫它包心菜，從小，我家裡都是叫它『玻璃菜』。像玻璃一樣透明的葉片，剝下來的時候也像玻璃一樣易碎。曾經，在課堂上，老師問我們最喜愛的蔬菜，我說玻璃菜，同學都投以奇異的眼神，並且問我玻璃菜是玻璃還是菜？

我家常常吃玻璃菜，吃的方式很簡單，切成細絲之後，與小蝦皮一起熱炒，炒成很柔軟的質地，混著蝦皮的鮮味，是父親的最愛。我卻覺得失去清脆的口感，就失去了玻璃菜的本質，所以，我愛的是宮保或是酸甜的玻璃菜。加一點辣椒，加一點糖和醋，將葉片剝成小片的形狀，一起熱炒。油鍋裡拌幾下，看著葉片不那麼挺脆了就起鍋，吃在嘴裡還有著玻璃的質感。

年輕時候我們幾個朋友開車去梨山玩，雖然已經是春天了，空氣依然冷冽，風刮在臉上刺著疼。衣服穿得不夠，住宿在賓館裡，棉被和床舖都是潮潮的寒意，我們已經開始抱怨，誰出的主意，在這時候上山來，不是受罪嗎？好容易等到晚餐，哆嗦著走到桌旁，一點點肉絲的炒蛋；沒入味的醬爆雞，都讓人覺得這樣的夜晚很難度過。然後，一大盤蒜片炒玻璃菜端上了

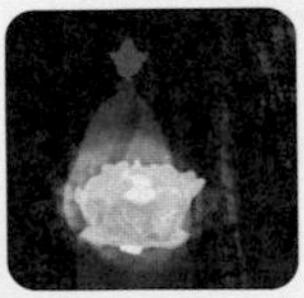

他說他還是覺得叫做玻璃菜聽起來很危險，
玻璃不是隨時可能破碎的東西？碎了還會割人？
我說很多事情都很危險的，
可是它一定有著足夠的魅力讓人願意一試再試。

桌，熱騰騰冒著白煙，給人捎來不少盼望。高山上的玻璃菜經過霜降，特別貯存著甜味，咀嚼時的口感梗脆一些，我忽然想起日式炸豬排底下墊的玻璃菜絲，就該是這樣的口感和滋味啊。我挾著滿滿一筷子，放進嘴裡，心滿意足的歎息著，我說我眞愛高山上的玻璃菜，今晚可以舒舒服服睡一覺了。送玻璃菜給我的這個朋友當時也放下筷子，露出狐疑的表情問，什麼菜？玻璃菜是什麼菜？

朋友聽我提起這段往事，他說他還是覺得叫做玻璃菜聽起來很危險，玻璃不是隨時可能破碎的東西？碎了還會割人？我說很多事情都很危險的，可是它一定有著足夠的魅力讓人願意一試再試。朋友不說話了，他可能以爲我在暗示他的處境與遭遇，我其實並沒有這樣的意思。

夜實在很深了，我問他明天有沒有事，可以過來午餐，『就吃這顆玻璃菜。』我已經拿定主意，做一個玻璃菜捲給他吃。先將碎肉醃好拌香，再將玻璃菜一片片放進熱水裡，燙得更透明而柔軟，像一疋煙羅紗似的綻著光澤，將肉捲進去，成一個個小春捲，再放進鍋裡大火隔水蒸。玻璃也許是危險的、易碎的、能傷人的，可是，當它變成煙羅紗，便能溫柔的包裹一切的美好與難堪。

甜蜜如漿烤番薯

老闆娘從暗處走出來，戴上棉手套，
她問：『要幾個？』
我喋喋地說著，不要紅的，要黃色的喔，
我要烤得很軟很軟，有蜜油流出來的那一種。

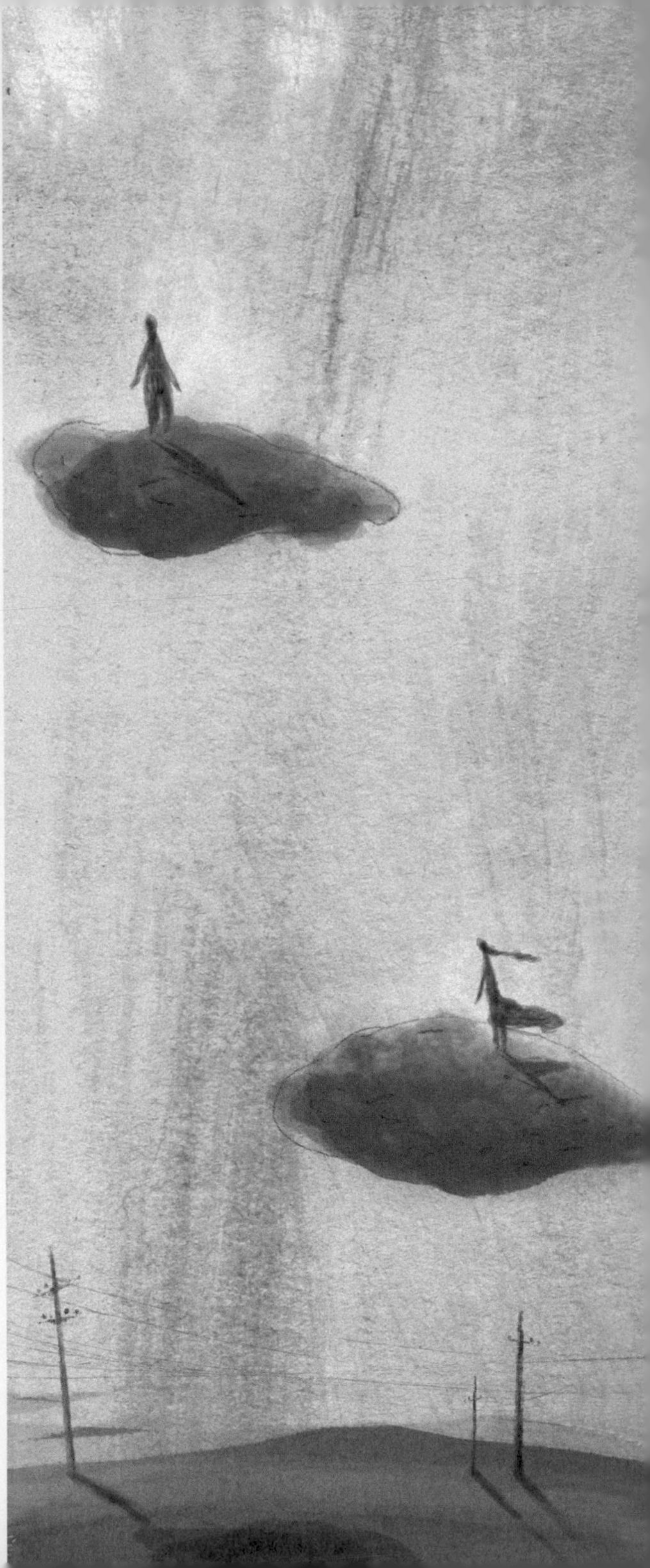

小時候回家的路上都要經過一片番薯田，綠油油的番薯葉長得好茂盛，大人說這些葉子要餵給豬吃的，我們吃的是埋在地下的番薯。我家裡並不烹煮番薯，卻在菜市場裡買一包用糖熬煮的竹山甜番薯，黏黏地，曾經，咬一口就黏下了我已經脫搖的門牙。

最讓人期待的還是天冷以後的烤番薯，賣烤番薯的都是推著車的老人家，穿一身洗得泛白的藍色厚棉衣，搖一節嘩啦嘩啦的竹子，我們一聽見便圍聚攏來，一塊錢、兩塊錢就可以買一隻肥肥的番薯了。多年之後，我挑了一個肥肥的番薯，老闆慎重其事的秤了秤，說：『五十元。』我嚇得半天不敢伸手去接，一塊錢是怎麼變成了五十元了？如果烤番薯可以買來囤積，我對它的信心會比股票和房地產強很多。母親每次聽見我花那麼多錢買一隻烤番薯，都替我不值，她說五十元她可以買一大袋生番薯。

家裡的番薯多半都是煮稀飯吃的，這還是在『清粥小菜』的情調瀰漫開來之後興起的，母親去吃過一碗『地瓜稀飯』，問出價錢之後，當下就說，她的五十元生番薯可以煮一個月的地瓜稀飯，於是，每次吃地瓜稀飯都覺得是一種賺錢的行爲。番薯煮得將化未化，白色米粒也熬出了番薯的甜香味，我喜歡從稀飯裡挑出糯糯的番薯，滿滿咬一口，既不會掉牙又好滿足。

地瓜湯是番薯壯烈成仁之後的另一道美味。那一年爲了泡溫泉與朋友入山去，山上霧氣濃重，寒意砭骨，一個轉彎，山道旁懸一盞燈，上面寫著『地瓜湯』三個字。我們下車，絲絲細雨裡鑽進空無一人的小店，爐灶上煮著地瓜湯，鍋旁豎著牌子：『十五元，請自取』。我們一人一碗加了薑的地瓜湯，吃得臉頰潮紅，整個身子都暖起來。老闆始終沒出現，我們付了錢繼續上路。泡完湯回程時霧開了，一路下山都沒看見那個小店，後來再去也沒遇見。我和朋友常常提起這件事，笑說我們闖進了聊齋，吃了蒲松齡的番薯。

我在春日裡的最後一道冷空氣裡下車，穿越馬路，入夜的街道，熙來攘往的人群，便利商店的門一開，便聽見『歡迎光臨』的呼喊聲，充滿元氣。而我停在便利商店旁邊，一間幽暗的小店門口，對著一整排垂掛如魚的番薯，扯開嗓子喊：『老闆！要買烤番薯喔。』老闆娘從暗處走出來，戴上棉手套，她問：『要幾個？』我喋喋地說著，不要紅的，要黃色的喔，我要烤得很軟很軟，有蜜油流出來的那一種。老闆娘會心一笑，戴著手套的手探進甕窯，熱騰騰一隻番薯在她掌上滾來滾去，像剛剛捕捉住的黃色小老鼠。老闆娘說有人喜歡軟的有人喜歡硬的，各人有各人的喜愛。我捧著我的烤番薯，香味撲鼻。

我等著過馬路的時候，忽然，時光的甬道裂了一個口子，也是在人來人往的街道上，與我相戀的那個情人，倚著街邊的欄杆，雙手交握，注視我捧著烤番薯，一步步向他走去。

那是一個陌生的城市，是一段初初開展的情愛，我們沿著街道走，常常迷路了，便停下來休息。我看見一個賣烤番薯的自行車，歡天喜地跑去買了，再與他一起分食。我是那麼專注於手中的番薯，他是那麼專注於吃番薯的我，專注，絕對是愛情中最迷人的部分。

他後來是怎麼失去專注的？而我又怎麼始終沒失去對於番薯的專注呢？我迷戀於那甜蜜如漿的滋味，那是愛情中最難保持的滋味。

老闆娘從暗處走出來，戴上棉手套，
她問：『要幾個？』
我喋喋地說著，不要紅的，要黃色的喔，
我要烤得很軟很軟，有蜜油流出來的那一種。

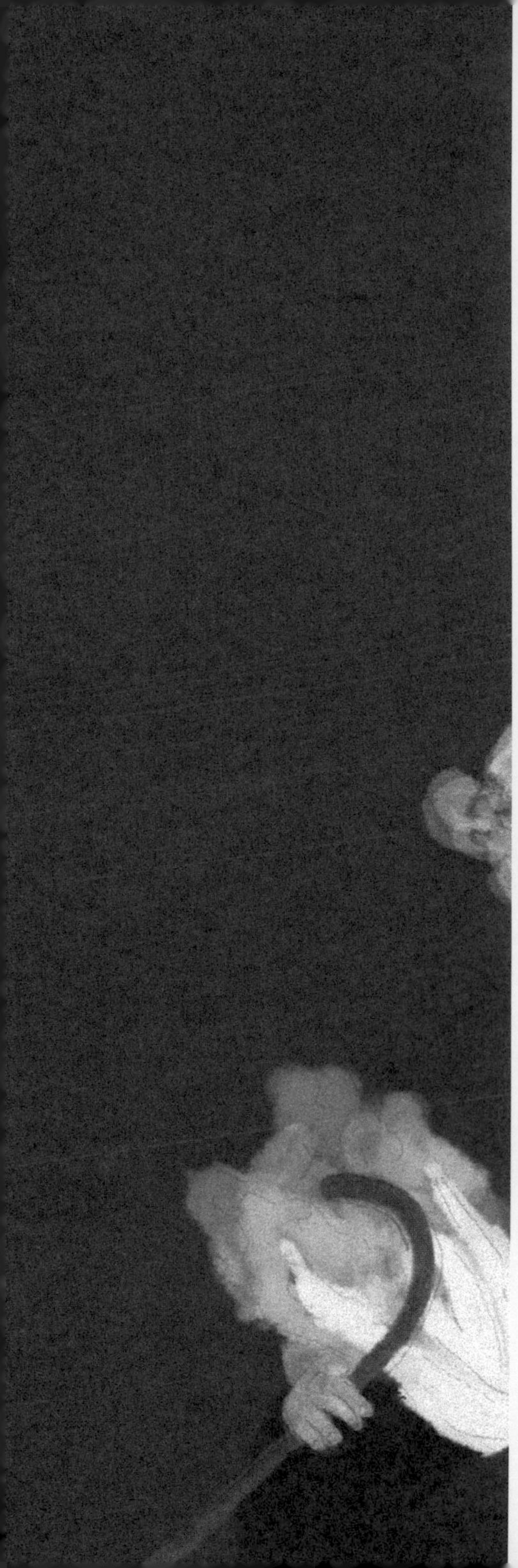

上好大白菜

小時候老師帶我們去故宮博物院看『翠玉白菜』，
我以前都是在月曆上看它的，以為它很碩大，
就像母親買回家來的大白菜的尺寸，
忽然在我鼻子前頭看見，原來這麼小。

乍暖還寒的日子裡，朋友與我約在傍晚見面，嘩啦啦的雨把裙襬都濡濕了，我們放棄原本要吃的日式料理，決定去吃小火鍋。朋友帶我到公司附近口碑還不錯的一家火鍋店，而她不斷強調自己並沒來過，只是試一試喔。她那麼緊張，使我不禁暗自反省，我難道是個過度挑剔的人嗎？

開了鍋，一人一個菜盤擺在面前，我便篤定的對朋友說：『一定不錯的，別擔心了。』朋友很訝異，她挑起眉問我：『妳怎麼知道？還沒吃呢。妳會占卜啊？』當然不是啦，我指指菜盤上，雪白晶瑩、精神抖擻的大白菜，這就是關鍵了。吃火鍋當然應該有白菜，白菜會飽滿的吸收湯汁，均勻的分佈在葉片和菜柄，葉片柔軟，葉柄脆甜，與混充的包心菜的口感極不相同。

曾經有一次，我進入一家新開張的涮涮鍋店，老闆娘招徠顧客十分殷勤，她特別向我解說，別人家的火鍋料常常用包心菜魚目混珠，她卻堅持要用大白菜，大白菜的成本高，味道卻純正，這是經營一家涮涮鍋起碼的敬業精神。我被她的大白菜精神所感動，幾乎天天光顧，吃了一整個冬天，到了春天，她的菜盤裡的大白菜換成包心菜，我等著，大白菜一直都沒有回來，我知道有些什麼無法繼續堅持下去了，於是，我也不繼續去那裡用餐了。老闆娘的大白菜精神卻變成一個指標，我用這個指標去度量許多火鍋店，發現準確度還眞高。

小時候老師帶我們去故宮博物院看『翠玉白菜』，我以前都是在月曆上看它的，以爲它很碩大，就像母親買回家來的大白菜的尺寸，忽然在我鼻子前頭看見，原來這麼小。如果眞的白菜都那麼小就好了，很快就可以吃完——我並不特別喜歡吃大白菜，顯而易見。可是，白菜是便宜的菜蔬，開陽白菜也是餐桌上常常出現的一道菜。把曬乾的小蝦米叫做『開陽』，眞是美麗而詩意，那時候因爲買不到好蝦米，炒出來的白菜總帶著腥味，並不是令人愉悅的經驗。

然而，父親下廚料理紅燒獅子頭的時候，大白菜的身價就全然不同了。炸好的四喜丸子下面鋪上一層層大白菜燜燒，白菜熬出許多水來，又慢慢熬乾成濃稠湯汁。這道菜一上桌，最搶手的總是大白菜，不管大人孩

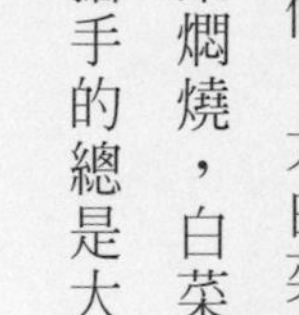

小時候老師帶我們去故宮博物院看『翠玉白菜』，
我以前都是在月曆上看它的，以為它很碩大，
就像母親買回家來的大白菜的尺寸，
忽然在我鼻子前頭看見，原來這麼小。

子都撈白菜吃，幾顆四喜丸子被留在菜盆裡，看起來很無辜，如果沒有丸子，怎麼熬大白菜？可是，它們的功能也只剩下再熬一鍋白菜了。

二十年前母親與河南家鄉的外婆連絡上了，八十幾歲的外婆雖已百病纏身，卻仍心心念念著要出來與兒女見面，然而那時候母親回不去，外婆也出不來，只是被焦急與迫切煎熬著。一位在地方上挺有辦法的表哥來信，說他們爲外婆慶生，他特別送上一顆『上好大白菜』以爲壽禮。看完信我們都愣住，原來，在那裡大白菜已經是很愼重的禮物了。而那顆安慰老人家的大白菜『上好』到怎樣的程度呢？外婆不久過世，她個人的意志拗不過時代的決策，沒能完成最後的心願。我開始注意起大白菜來，外婆那顆大白菜像這一顆嗎？或是那一顆嗎？

好像也是從那之後，我才眞的能體會出大白菜的滋味，哪怕只是清水煮白菜湯，打個蛋花，起鍋時淋幾滴麻油，那種大白菜的爽鮮脆感，都是獨特的，不可替代的。

這幾年台灣流行吃酸菜白肉火鍋，我家因爲認識東北朋友，早就吃過他們自己醃的酸白菜。酸白菜夏天吃起來更醒胃，先用溫火炒香牛肉絲，盛起備用，再用蔥花和辣椒爆炒切成絲的酸白菜，然後燴入牛肉絲，湯汁稍稍收起就可以上桌了。酸酸辣辣脆脆，伴著牛肉絲，配上熱騰騰的白飯，眞是說不出的好滋味。

已經有好多年，我們不再提起外婆那顆上好大白菜了，海峽兩岸也可以自由來去了，但我知道，母親想起這件事，她的心裡便會泛起酸酸辣辣的感傷。

繁華舊夢一豆紅

她將紅豆熬了又熬，煮了又煮，緊緊的摶上糯米，
熬出上海的燦亮，煮出霞飛路的甜香。
這一顆入口即化，香味竄逸的豆沙粽，
包裹的不只是紅豆沙，而是往昔的繁華舊夢啊。

我在除夕夜的鞭炮聲中醒來，發現頭被抵得生疼，原來是同床而眠的小姪女，睡夢中打橫了，她的腳丫子踩在我的太陽穴。我於是起身，替睡在另一邊的國小四年級侄兒拉好被子，將國小一年級的姪女歸回原位。遠遠近近的爆竹聲此起彼落，卻驚擾不了孩子們的眠夢。

我披上衣裳，到廚房裡找水喝，流理台放著一盅水，水裡浸泡著一群紅豆。睡前我閒話一句的對母親說，過年了煮點紅豆湯喝吧，現在這些紅豆就安安靜靜的睡在水裡了，它們的顏色似乎在水中褪去一些，由暗紅變爲淺淺的桃紅色。我俯身看著那盅睡著的紅豆，看著水中映照自己朦朧的臉龐，忽然，聽見了孩子稚氣的吟唱著：紅豆生南國，春來發幾枝。勸君多採擷，此物最好吃……吟唱中還混合著快樂的笑聲。

我回頭，以爲侄兒姪女醒來了，黑暗的廳中空無一人，鞭炮聲停頓的時刻，顯得格外沉靜，我明白，那正是我和弟弟童年時的歌聲與笑聲，小四的我和小一的弟弟。那時候我們還以爲紅豆湯的紅豆就是王維的紅豆，那時候家裡剛買來電冰箱，母親熬煮了許多紅豆湯做成冰棒，分贈給鄰居的小朋友。紅豆不比綠豆，特別難煮，我負責看鍋，十分鐘掀一次，愈急豆子愈煮不軟。母親告訴我，煮紅豆湯就得有耐心，『一掀三不滾』，她是這麼說的。紅豆湯要甜才好喝，卻不需要冰糖，黃砂糖似乎特別能夠激發出紅豆的特殊香氣。

說到紅豆的香氣，日本人肯定是登峰造極的了，各式各樣的豆大福，還有紅豆湯配年糕，去日本旅行就像是經歷一場紅豆美食秀一樣的壯觀。只是日本人的紅豆湯實在太甜了點，有時簡直搶走了紅豆的風頭。我吃過最香的紅豆，卻是一點甜味也不加的，純粹而濃烈。我的伯母是江南女子，她會做很多好吃的東西，端午節包的粽子裡有一種就是紅豆與糯米混在一起，煮熟的糯米與紅豆，同樣香糯綿密，被粽葉包裹的紅豆，異樣的清鮮，沾點白砂糖吃，口感好極了。因爲我是女孩子，伯母與我總有些心結，她過世十年，這滋味在記憶裡發酵，變成一種絕望的美好。朋友問我現在想起她會有什麼感覺？我說我想念她。是的，她曾經料理過的每一道美食，都成爲我恆久的安慰，無限的慈悲。

鄰居有位外婆，是典型的上海人，見過大場面，品味相當高，我們隨著她的家人用家鄉話稱她『阿卜』，也就是姥姥的意思。阿卜出身富貴人家，圓潤雍容，不需要化妝便是唇紅頰緋，年輕時候歌聲嘹喨動人，便是七十幾歲，幾經顛簸人生，穿上旗袍仍是豔光照人。她的各色美食料理也是令人食指大動，其中豆沙粽子便是獨霸江湖的不傳秘方。

說是揀選一年以內的新鮮紅豆，顆顆飽滿豐盈，大火先沸，小火慢熬兩個鐘頭，經過篩皮裝袋擠乾的手續，用微火慢煨，一邊撒進最細的白糖再熬三鐘點，起鍋前放一點點鹽，竟然散發出淡淡的桂花氣味。最後再熬豬油，三斤豆沙一斤豬油的比例，緩緩煮成。我愛豆沙粽，吃遍大江南北，不得不尊稱阿卜一聲豆沙粽天后。

阿卜說起豆沙粽的作法，順便說起百樂門的場面與霞飛路的浪漫，『那麼，爲什麼不回上海去看看呢？』我又問起這個已經問過好多次的疑惑。阿卜停了片刻，她說，回不去啦，現在的上海不是以前的上海了。我這才明白，那個阿卜心中的上海是無可比擬的，卻也是絕無僅有的存在於她的記憶

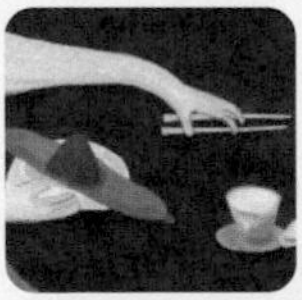

她將紅豆熬了又熬，煮了又煮，緊緊的摶上糯米，
熬出上海的燦亮，煮出霞飛路的甜香。
這一顆入口即化，香味竄逸的豆沙粽，包裹的不只是紅豆沙，
而是往昔的繁華舊夢啊。

中，確實是再也回不去了。

於是，她將紅豆熬了又熬，煮了又煮，緊緊的摶上糯米，熬出上海的燦亮，煮出霞飛路的甜香。這一顆入口即化，香味竄逸的豆沙粽，包裹的不只是紅豆沙，而是往昔的繁華舊夢啊。

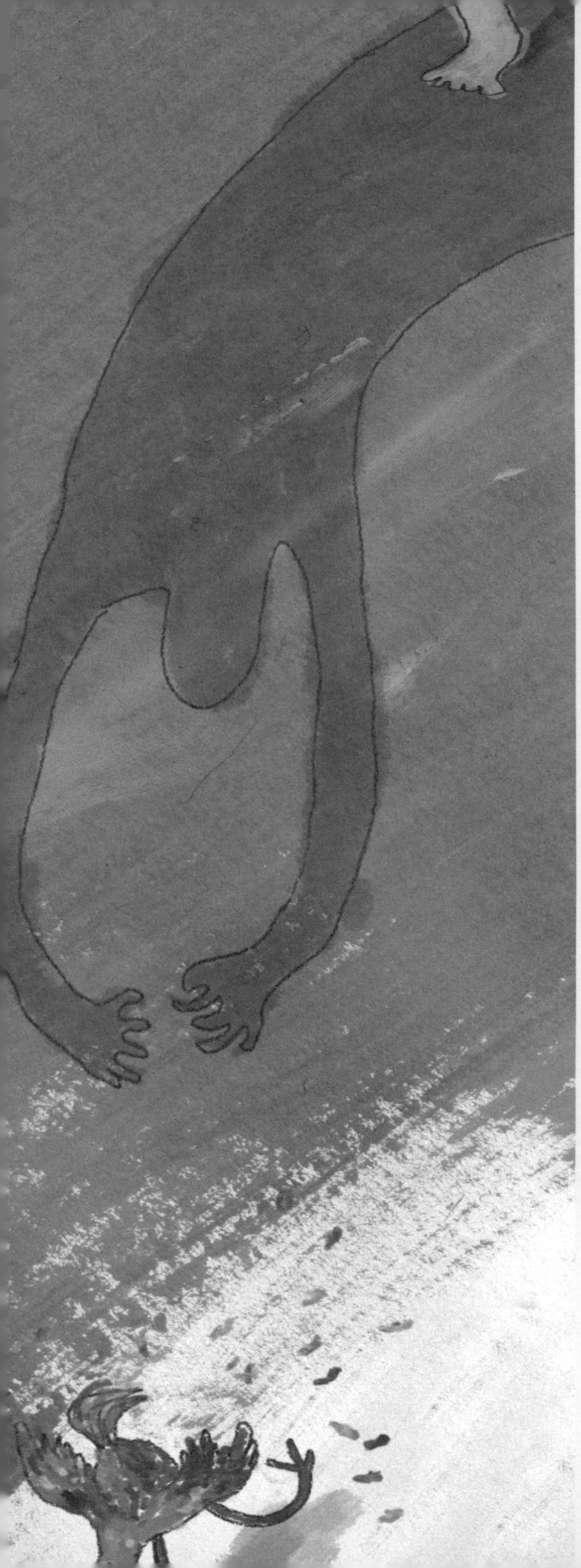

童年的飛雞場

小雞褪去金黃色絨毛，開始變得健壯，毛羽斑斕繽紛，
孩子開始挑選自己的雞，還替牠們取名字。
挖到蚯蚓就忙著給自己的寵物加菜，
找機會便將寵物帶出門去遛雞。

我到山邊去探望剛剛搬家不久的朋友，她的一些家具還沒放好，許多雜什零散在空房間裡，而越過屋子到後院，我看見吃飽了正在散步的幾隻黃色絨毛小雞，驚喜的大叫起來：『哇！好可愛。』朋友撈起一隻毛茸茸的小雞，貼著自己的臉頰，她說：『我就是爲了養這些雞才搬到這裡來的。』我稍稍感到一點詫異，把雞當成寵物的人，還眞不多見。

可是，仔細回想，小時候我們多多少少都有把雞當成寵物的經驗。那時候的房子多半都有院子，在物資普遍缺乏的年代裡，做母親的總要在院子裡養幾隻雞，用吃賸的米飯飼養著。白天裡讓雞滿地跑，天黑之後便用一個竹編的半圓形籠子罩住牠們。小雞褪去金黃色絨毛，開始變得健壯，毛羽斑爛繽紛，孩子開始挑選自己的雞，還替牠們取名字。挖到蚯蚓就忙著給自己的寵物加菜，找機會便將寵物帶出門去遛雞。然而，每當家裡有遠客上門，或者是逢年過節，就是孩子的癡心注定要破滅而且要傷心的時候了。心愛的雞被宰殺，孩子總要哭泣一整天。

我家裡沒養過雞，卻見證過殺雞的慘酷過程。那年頭的雞瘟不少，有時一陣熱風襲來，便留下雞屍一片，所以，送雞給人，一定要送活蹦亂跳的雞，顯示雞的健康與新鮮。每當有人送來活雞一隻，母親便將牠養在我家小小的後院裡，那個後院眞的很小，不過三尺見方，雄赳赳氣昂昂的雞像是困在垓下的項羽，垂頭喪氣。我和弟弟打開紗門，丟一點水果或是玉米之類的給牠吃，一方面希望可以多養幾日；一方面又期待著喝香噴噴的雞湯，兩種欲念反覆糾纏，直到聽見母親在廚房裡磨刀的聲音。

我的母親是一位專業護士，她卻最怕殺雞。我們看著她像一個烈士那樣提著刀，囑咐我和弟弟不可以開門出來，然後，她將自己和雞一起關在小小後院裡。母親費了好大氣力，雞也脫掉許多毛羽，才終於擒住，拔去雞頸的毛，母親閉上眼睛用刀割開雞的喉管，傳說中只要割斷喉管，雞就活不成了。可是，感覺母親已經割了好久，那雞仍不斷哀號，牠的翅膀劇烈拍打在紗門上，於是，我和弟弟開始哭起來，接著，母親尖銳叫出聲，她往後一靠推開了後門，歪著頭頸鮮血如注的雞竟然振翅飛出去。門外是一大片廣場，雞飛著逃，母親哭著追，我和弟弟開始做惡夢。

小雞褪去金黃色絨毛，開始變得健壯，毛羽斑斕繽紛，
孩子開始挑選自己的雞，還替牠們取名字。
挖到蚯蚓就忙著給自己的寵物加菜，
找機會便將寵物帶出門去遛雞。

這經驗並不成爲我歎賞雞料理的阻礙，那年在香港工作正好碰到禽流感，香港人熬了好一陣子，終於可以開禁，餐廳歡歡喜喜貼出『雞不可失』的海報，確實體認到雞對於華人料理的重要性。

夏日裡我家有一道『怪味雞』，先將整隻雞煮熟，切成小塊，用醬油、醋、蔥花和磨碎的花椒涼拌，加一點紅辣椒提味，放在冰箱裡冰鎮之後食用，雞肉原本的清香完全保留下來，不油不膩，醒胃下飯。

曾經，我在廣播裡聽過一位女明星傳授香菇雞的燉煮方法，一定要買小土雞，將厚實的小香菇塞進雞肚子裡，小火慢熬大半天，香菇的味道不會混了雞湯的純粹，我試著熬過幾次，果然獲得許多好評。後來聽說，這位女星爲企業家退出娛樂圈，生養一個女兒，企業家卻仍不肯給她一個名分。最後兩人爲了女兒的教養費對簿公堂，甚至還要驗ＤＮＡ，我忽然同情起那些小土雞來，覺得牠們簡直是白白犧牲了寶貴生命。

蔥笛悠悠

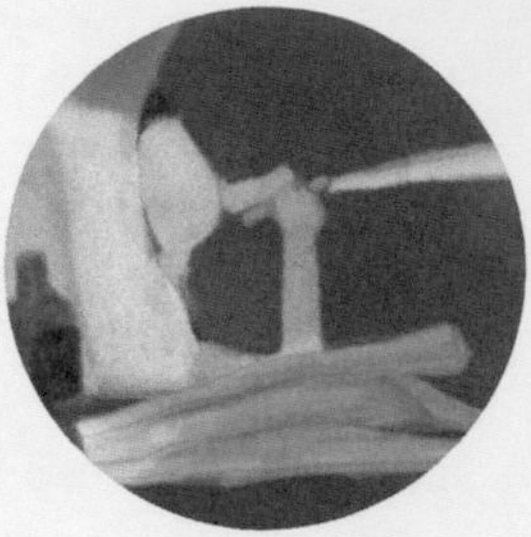

在黃土高原，
黃河近旁的土屋裡，暖暖的竈下，
躲過蟲害，躲過兵災，
等待著麥子熟了就可以去上學的空隙裡，
小小的母親頭一次聽見蔥笛的聲音，
也像我一樣的歡喜嗎？

論斤論兩買好青菜的主婦，常常在付錢的時候向菜販要求：『給兩根蔥吧，老闆。』老闆到底是給兩根還是給兩把，就全憑交情了，這種時候，主婦臉上陰暗明亮的變化，眞是冷暖人間的映照。

少女時幫媽媽去菜場買菜，我通常是要不到蔥的，因爲臉皮薄，根本開不了口。後來遇見一個年輕女人，在她的攤子上買菜，她把菜交給我的瞬間，就多出了一把蔥，和一個會心的微笑，像是一種可以信靠的默契，我總到她的攤子上買菜，直到我自己太忙，再沒有時間幫母親的忙。

我覺得直苗苗的蔥眞是一種美麗的植物，上半身如此雪白，下半身蒼翠如斯。可是，小時候我也像許多孩子一樣，有著無法分辨青蔥與蒜苗的困擾，它們長得這麼相像。母親在一個春天的下午，

小小的廚房裡，教我辨認兩者的不同，在綠色葉片的末端，扁平的就是蒜苗，呈圓管狀的則是青蔥，母親截下一小段綠色蔥管，送到唇邊，我竟然聽見幾聲呼哨，悠悠響起。『嘩！好厲害喔。』我用崇拜的眼光看著母親，竟然可以用蔥吹出聲音來。母親說她小時候，外婆就是這樣和她們姐妹吹蔥笛來玩的。在黃土高原，黃河近旁的土屋裡，暖暖的　下，躲過蟲害，躲過兵災，等待著麥子熟了就可以去上學的空隙裡，小小的母親頭一次聽見蔥笛的聲音，也像我一樣的歡喜嗎？我要求母親幫我挑一管青蔥，我們一起吹奏著，那時候，我曾經想到從未謀面的外婆。

我家裡很愛吃蔥，蒸魚燒蝦，要放許多蔥，炒蛋炒肉，還是需要青蔥。除了菜販送的蔥，母親還要買上一、兩把備用，正因爲她的未雨綢繆，住在眷村時，對門的鄰居幾乎從來不買蔥，炒菜時就遣孩子到我家來『借兩根蔥』。有時候他們要做蛋炒飯，除了借蔥還借兩碗飯，再借兩粒蛋，貨物出借，概不奉還，是他們家和我們家建立起來的美好情誼。我就不明白，爲什麼我家沒有蔥的時候，我必須去菜市場買，他們家的小孩卻只要來我家借？

母親說我太計較了，她總是說：『施比受更爲有福。』

剛開始教書的前幾年，和相熟的學生到山裡去旅行，我們租住在小小的森林木屋裡，帶著一只可以蒸煮炒炸的電碗，就可以變化出四菜一湯的豐盛晚餐了。煎一尾魚，炒個青菜，炒個麻婆豆腐，再做一個京醬肉絲，大功便告成了。最麻煩的就是鋪在肉絲下面的那些蔥絲，學生用小小的水果刀，把一根根青蔥切成一大盤細絲，切得汗淚交流，我這才知道切蔥也能嗆出眼淚的。將豬肉絲用甜麵醬和麻油拌好，並加入太白粉，保持烹炒的嫩度，用中火熱油滾炒幾下，讓肉與醬汁濃稠之後，便可以熱騰騰起鍋，放在蔥絲上面。肉絲很熱，蔥絲生涼，一起入口咀嚼，蔥的猛衝湧上鼻頭，肉絲的柔醇恰好可以中和。

這樣的料理，我後來很少再做，原因是幫我切過蔥的人都不太鼓勵，認爲這道菜太麻煩了，而我總是把蔥絲切成蔥條，也是這道菜漸漸上不了桌的原因之一。

我最愛吃的其實是上海燻魚裡面的蔥段，完全成了醬汁的顏色，飽滿的

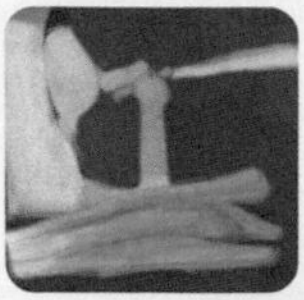

在黃土高原，黃河近旁的土屋裡，暖暖的　下，
躲過蟲害，躲過兵災，等待著麥子熟了就可以去上學的空隙裡，
小小的母親頭一次聽見蔥笛的聲音，
也像我一樣的歡喜嗎？

吸收了燻魚的鮮味與醬汁的厚醇，眞是讓人讚歎。身邊的上海長輩年紀愈來愈大，有的已然過世，這樣的美味愈來愈難嚐到。而我家的人愈來愈少，連我也不常在家吃飯，於是，最常看見的就是母親將一把蔥挑乾淨之後，用報紙層層包裹起來，送進冰箱裡保鮮，青蔥就這樣乖乖的蓋著棉被睡去了，廚房裡再聽不見蔥笛的悠悠聲音。

張家小館餃子兵

一顆顆皮薄而飽滿的餃子，每一顆的大小形狀幾乎一模一樣，
端端正正排在板上，直著看橫著瞧，都能成排成列，
就像精神抖擻、制服筆挺的士兵，
只要包餃子，就覺得父親好像餃子兵團的總司令。

星期三在學校裡有八堂課，中午一小段空檔，我並不很餓，卻覺得有進食的必要，於是，便來到大直，走進一家餃子館吃午餐。在我想來，既是標舉餃子館，他們的餃子應該很不錯。服務生問我要幾個餃子，十個吧，我說，在家裡吃餃子，我都能吃十幾個的。餃子上桌了，我有點錯愕，這……是餃子，不是水煮包子吧？它們的個頭還眞大，皮尤其厚，內餡粗糙，我用了好多醬油、醋和辣椒醬，勉強啃完五個，已經棄械投降，誰要再逼我吃完，我鐵定和他翻臉。當我結賬時，服務生還追上來問：『要不要打包？』不用不用，我差不多是逃出來的。一個人緩緩走在秋日街頭，忽然覺得感傷了，我知道終有一天，我會沒有餃子可吃的。

說到底，都是因爲我家是餃子世家，而傳到我這一代，看起來是要徹底失傳了。我家有一個　麵板和一支　麵棍，年紀都比我大，應該是這個家庭剛剛組成就來到的，新鮮麵條還不好買的時代，父母親要想吃麵條，就得自己和麵　麵拉麵條。每當有客人上門，像是父親的海員朋友，或是母親的護士同學，小小的屋子擠滿最能吃的青年，大家便一起包餃子，每個人都動手做，邊包邊聊，親密又合作。所以，從我有記憶以來，包餃子就是最平常的活動了。

父母親說在他們黃河流域的老家，通常是過年才包餃子的，而在我們台灣島上的家裡，只要市場有賣韭菜的，就是包餃子的好時節了。

有客人來我家，常常也指定了要吃餃子。吃餃子其實並不省事，從一早起床就開始準備，揉麵啦、料理餃子餡啦，包心菜洗好切碎之後要用紗布包起來將菜汁擠乾；絞肉買回來總還得剁個好幾遍才能生黏；細細的韭菜一支支揀乾淨，再加上蝦米之類的配料，可得忙和個半天。所以，每當有客人指定吃餃子，並且順道加一句：『簡單點，就吃餃子吧。』我總有點不忿，吃餃子哪裡簡單？等我長大一些，稍稍見過世面才明白，吃餃子確實是可以『簡單點』的，而是我們家把它複雜化了。

到底有多少人在我家吃過餃子，已經無法記數，但是，吃完之後最常有的建議就是：『張伯伯張媽媽開個張家小館賣餃子吧。』在那些人丁興旺的時代裡，我家的餃子都是一板一板的堆放著，大鍋煮著滾水，要煮好幾鍋才

一顆顆皮薄而飽滿的餃子，每一顆的大小形狀幾乎一模一樣，
端端正正排在板上，直著看橫著瞧，都能成排成列，
就像精神抖擻、制服筆挺的士兵，
只要包餃子，就覺得父親好像餃子兵團的總司令。

歇火。母親負責 麵皮，父親負責包餃子，一顆顆皮薄而飽滿的餃子，每一顆的大小形狀幾乎一模一樣，端端正正排在板上，直著看橫著瞧，都能成排成列，就像精神抖擻、制服筆挺的士兵，踢著正步從司令台前經過。朋友有一次驚呼：『哇！好像在閱兵喔。』從此之後，只要包餃子，就覺得父親好像餃子兵團的總司令。

我家過年當然也吃餃子，卻是選在大年初五，說是『破五』，把過去一些不好的事都破除掉；又有一說是『捏小人嘴』，吃了初五的餃子便能封住小人的口舌。有幾年我的年輕女學生總要在初五趕來吃餃子，像是一種祝福的儀式。母親的麵皮要揉很久，愈揉愈柔軟，再放兩個小時，讓麵醒一醒。父親在餡裡加了金黃蝦米、拌肉時加入生蛋增加鮮嫩，還有一個秘方，便是自煉花椒油。將花椒在油裡炸得快要變黑了，花椒的氣味全化進油裡，便將花椒丟棄，等油降溫再淋進餡料裡，撲鼻的香味噴起來，全體拌勻之後，就可以包餃子了。

我待在家裡的星期日，有時還沒起床便聽見剁餡兒的聲音，我知道有餃子可以吃了，便覺得一整天都讓人喜悅。人口簡單的家裡只包出一板餃子，我看著頭髮斑白的父母親，依然專注的　麵，將包好的餃子排列成兵，覺得上天對我確是特別恩寵的。

臘八粥的集合式

人在吃得飽足之後，
把身體清洗乾淨，
找到一個舒適的地方安安靜靜獃著，
就是一種接近於得道成佛的狀態。

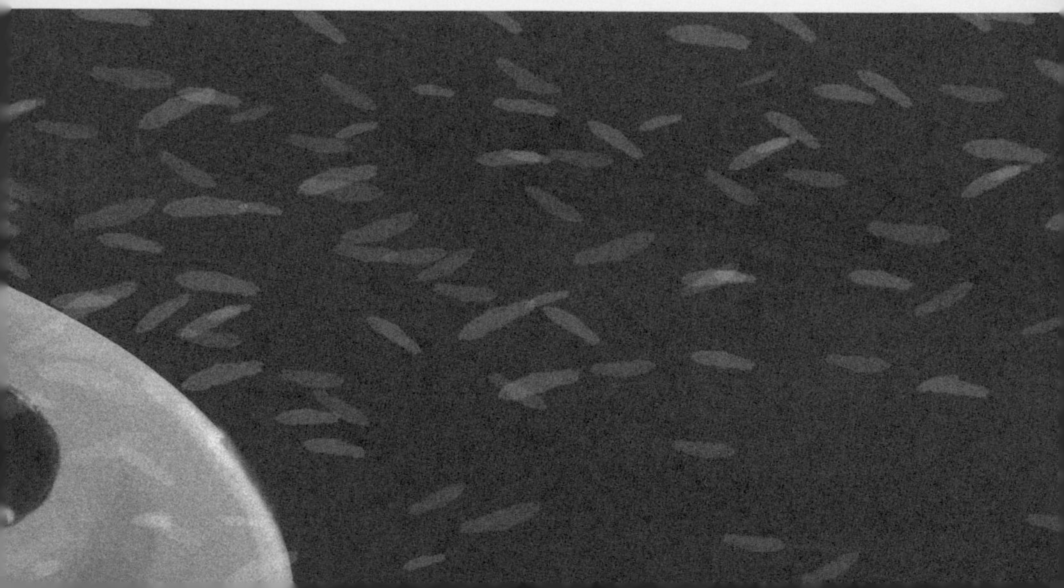

小時候的台北冬日是寒冷的，整日整夜似雨似霧，盆地被潮氣籠罩著。不管穿了多少件毛衣，多麼厚重的外套，冷颼颼的濕氣仍往身上鑽。國中準備聯考的日子，夜裡爬起來唸書，圍著棉被打哆嗦。正像是我憂鬱的少女情懷，掙脫不了的壓力與魔咒。那時候，我總等著臘月的到來，一天一天數著，數到臘八那一天，家裡會煮一鍋甜甜的臘八粥，暖暖的等在爐子上。我捧住一碗臘八粥，一邊吃著一邊唸書，從頭到腳都暖和了，窗外暗沉沉的天也漸漸明亮了。

為什麼農曆十二月要吃臘八粥呢？有了這麼幸福的臘八粥，冬天好像就不那麼令人畏懼了。我的國中同學阿麗曾經告訴過我，臘八粥的由來，說是和佛祖成道有關的，她的母親是一位虔誠的佛教徒，母親告訴她的故事是釋迦牟尼修行的時候，歷經許多艱苦，曾經餓極了

而昏厥，是一個牧羊的女孩子，用一碗糯米粥救了他。吃過粥的釋迦牟尼在河裡沐浴，又在菩提樹下趺坐悟道，終於在十二月八日這一天得道成佛。佛教徒在臘八這一天都要熬粥奉佛，據說吃了可以健身，小孩子吃了不會生病。

我聽了之後，疑惑了半天，努力尋找粥與沐浴與菩提樹與得道成佛之間的關聯，後來，得出一個奇怪的結論，人在吃得飽足之後，把身體清洗乾淨，找到一個舒適的地方安安靜靜獃著，就是一種接近於得道成佛的狀態。我的同學阿麗是不會有什麼疑惑的，她相信她的母親，只要母親說的都對。

阿麗家在市場裡開米店，我家的米也是從她家裡叫來的。媽媽會打電話對阿麗的母親說：『啊，頭家娘，我是張太太啦，麻煩你們頭家給我送二十斤米來。』這個小鎮上百分之五十的米都是他們家送的，因此，一整天阿麗的母親都守在櫃台邊的電話機前，將一筆筆送貨記錄寫在背後的黑板上，送出去了就用板擦擦掉，到了晚上，黑板已經變成白板了，我常看見阿麗在門口清理黑板，把乾淨的黑板還給母親。

阿麗的父親叼著煙送米，將米袋裡的米倒進米缸，白白的米灰澎了一頭一臉，悶悶地，他收了錢就走了。據說他收到的錢眞正繳庫的只有少數，多半都擲在牌桌上了。『我媽媽很辛苦。』這是阿麗掛在嘴上的話。看著他們家裡的七個小孩，我不得不同意她的說法。

關於臘八粥，阿麗的母親還有一種說法，她說她的七個小孩就像是紅棗、紅豆、蓮子、桂圓、花生、葡萄乾、栗子，每個小孩都不一樣，而她自己就是糯米，大家一定要相親相愛，煮成一鍋甜甜蜜蜜的臘八粥。我頭一次羨慕別人家裡眾多的兄弟姐妹。可是，世事難料，這些孩子長大之後關係並不好，紛紛離家，有時候連過年都湊不齊。只有阿麗母親過世時，他們才齊齊地聚在一起，臘八粥是以這樣的方式集合的。前陣子我問阿麗，都是中年人了，能不能化解衝突，像小時候一樣？阿麗苦苦地笑著，現在沒了母親，就算都到齊了也煮不成一鍋臘八粥。她又告訴我，母親最後的日子，她和先生把母親接到家裡來，母親只能吃粥，她天天餵母親吃粥，幫母親洗澡，讓母親舒舒服服地坐在窗前看山，母親離開的時候，沒有一點愁容。

我忽然想起那一則傳說，關於釋迦牟尼得道成佛的故事，我的雙眼發熱了。

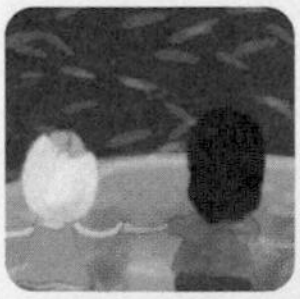

人在吃得飽足之後，
把身體清洗乾淨，
找到一個舒適的地方安安靜靜獃著，
就是一種接近於得道成佛的狀態。

黏牙食年糕

那一大盤年糕彷彿永遠也吃不完，
一塊塊黏在一起，成了一大坨，
一直我都不太喜歡那種和水晶肥皂顏色差不多的甜年糕，
有時候甚至覺得連味道也是一樣的。

那一年父母親都到美國弟弟家去住，我一個人度過了一個學期的獨居生活，從張惶失措到慢慢調整出自己的規律，平心靜氣起來。然而，漸漸接近寒假，接近我飛到美國與家人團聚的新年假期，心中便躍躍欲動，採辦年貨，可是我要做的大事呢。住在東岸的弟弟家並不是華人社區，最近的華人超市也要開車半小時，我合計著，準備大展身手。偏偏臨行前雜瑣的事一大堆，臨上飛機才買到一個小小的紅豆年糕，這就是全部的年貨了。而這個包裝精美的年貨確實相當受到歡迎，每個人捧著端詳又嗅聞，並且認眞討論應該在什麼時間拆封食用。我在一旁忽然覺得自己是一個大人了，終於。

小時候的年糕與一切年貨，都是大人打理的，我們既不關心也無權參與，只在大年初一的早晨，圍在桌邊吃年糕的回憶，是不能忘記的。在換牙和蛀牙的年紀，吃年糕對我來說實在是一件苦差事，軟軟的年糕一咬便黏住牙，大人還在一旁熱烈地說：『吃年糕年年高升！吃了甜甜的年糕，要說吉祥話喔。』天知道我連嘴都張不開，哪裡說得出話來？

那一大盤年糕彷彿永遠也吃不完，一塊塊黏在一起，成了一大坨，用這種食物來展開新的一年，眞令人不敢恭維。一直我都不太喜歡那種和水晶肥皂顏色差不多的甜年糕，有時候甚至覺得連味道也是一樣的。我剛巧看過一個童話故事，說是一隻貪吃的小老鼠愛吃年糕，天天纏著媽媽要年糕吃，媽媽說要過年才有年糕吃，牠不服氣，東翻西找，給牠找到了，一口氣啃了大半個，然後，腆著肚子的小老鼠躺在地上打嗝，一顆顆肥皂泡泡便從牠嘴裡飄出來。小老鼠把肥皂當成年糕誤食的畫面，明明是諧趣的，不知道爲什麼我卻覺得恐怖。

以前我家從不買年糕的，左鄰右舍都會做年糕，每家送來一塊，我們就能從初一吃到十五了，有位鄰居太太教母親一種新的年糕做法，將紅豆年糕用厚厚的麵糊包裹起來，放進油鍋裡炸，用小火將內裡都炸透了，外酥內軟，紅豆與糯米融合出一種異樣的香氣，非常誘人。或許因爲那時候我早過了換牙年紀，很能欣賞它的美味，同時，也開始喜歡聽一些吉祥話，覺得這是必要的禮貌。

年糕竟然可以炒來吃，則是這些年來才品嘗的好味道。南方人眞是吃糯米吃得很精到的，吃湯圓或者年糕的時候，常覺得這些食物多麼像南方人的性格。我的朋友不是上海人，但她很喜歡做炒年糕招待朋友，她的說法是簡單又好吃，還頗有新鮮感。我看過她料理炒年糕，材料就只是肉絲、香菇、大白菜和小白菜，當然還有市場裡買回來一條條的白色年糕。先將年糕切片用滾水燙一燙，取出備用，再用調味料拌炒肉絲與香菇，接著將切片的大白菜鋪在鍋底，上面放一層年糕，再放上肉絲與香菇絲，蓋上蓋子燜一下，起鍋前撒進翠綠色的小白菜，拌一拌就盛起來，確實是色香味俱全。

年糕還給我一種豐盛的印象，住在公寓的那些年，因爲樓上樓下的鄰居都是熟識的，每個初一早晨，便不約而同聚在我家拜年，母親炸出一盤又一盤年糕，招待客人，大家一直聊到中午，才依依不捨散去。這些鄰居都已老去，各自分散，每年初一，母親的炸年糕端上桌，只有我們一家人圍著吃，我有時還聽見滿室震動的笑語喧嘩。

那一大盤年糕彷彿永遠也吃不完，
一塊塊黏在一起，成了一大坨，
一直我都不太喜歡那種和水晶肥皂顏色差不多的甜年糕，
有時候甚至覺得連味道也是一樣的。

沒有砂鍋的魚頭

我注意到老闆娘變胖了，也有了些花白的頭髮，
她的圍裙上依然是鱗片和血跡，
一雙手在水裡泡得通紅而腫脹，佈滿大大小小的傷痕，
應該都是魚兒臨死前掙扎造成的吧。

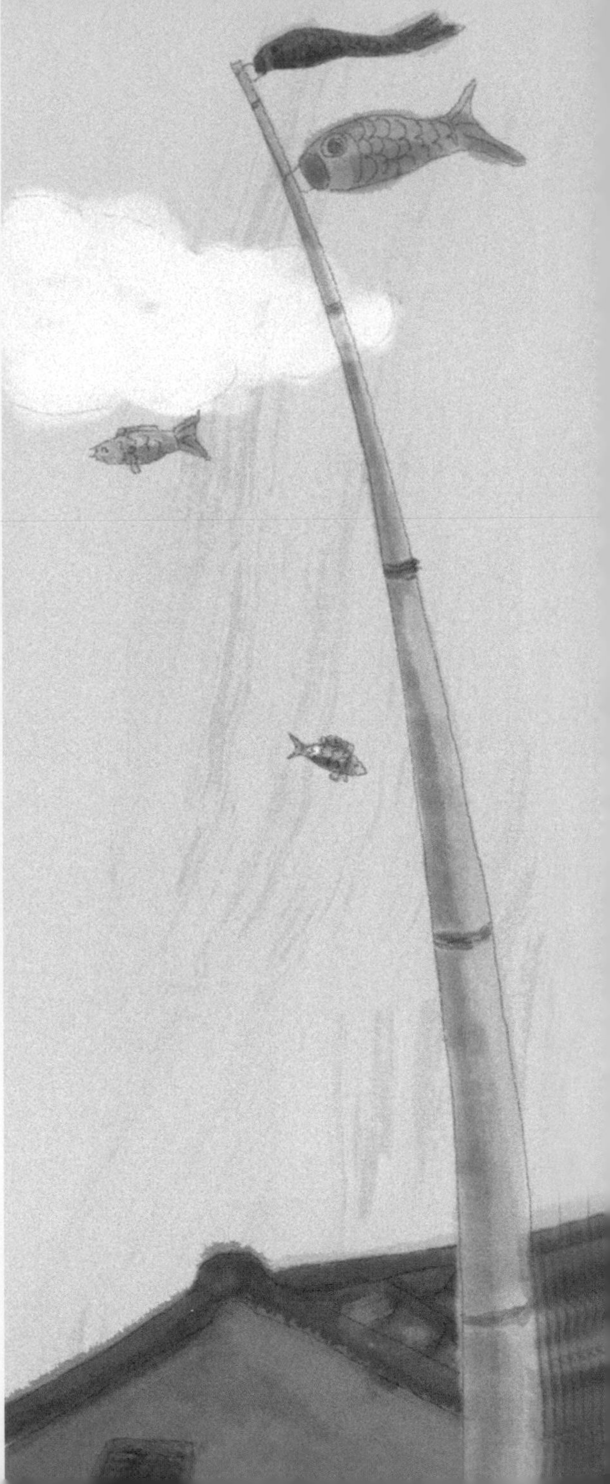

看見父親用黃澄澄的熱油煎豆腐，看著厚厚的豆腐一方一方變成金塊的顏色，我知道今天有魚頭鍋可吃了。我家的魚頭鍋裡絕少不了豆腐，一整塊煎好之後放進鍋裡燉煮，務必讓魚湯充分燉進豆腐裡，將豆腐鑽出一個一個小洞，每個小洞裡都是湯汁，輕輕咬開，熱魚汁破皮而出，那種豐腴的滋味，眞是太美妙了。我家還沒有砂鍋的年代，聽見人家說砂鍋魚頭都覺得好羨慕，用砂鍋燉出來的魚頭鍋，不知道是怎樣的？雖然沒有砂鍋，從小到大，也沒少吃過魚頭。

小時候最常吃的是虱目魚，市場有身體和眼睛都發亮的虱目魚出現了，母親便買回兩條來，由父親操辦。先是剖魚，將魚肉從骨頭上整片剔下來，用鹽醃好，放進油鍋裡煎乾，噴起來的香氣，令人垂涎，配飯吃酥酥脆脆又厚實甜美。魚頭連著脊骨也在油鍋裡煎過，便放進湯鍋，加上整條青蔥，一起燉煮，煎過魚的熱油煎豆腐，煎好了當然一起下鍋。這樣燜著要燜一兩個鐘頭，小小的火，篤篤篤地，把湯都煮白了。有個朋友向來嫌腥不吃魚，到了我家吃過這一味魚頭鍋，從此成爲忠實饕客。若是有客人來，鍋裡會放進金針菇，看起來更豐盛，味道也協調。

當我小的時候，市場裡賣活魚的攤子還很少見，多半都是海魚，像標本一樣的陳列在碎冰上，由買菜的婦人翻看魚鰓，檢視魚鱗。市場裡只有一對年輕夫妻賣活魚，最初是用一個方形的桶子，盛裝活魚，他們倆看起來都很強壯，不多說話，捉魚殺魚的手法很俐落，身上的圍裙全是鱗片和血跡，我看過老闆娘捉緊一條魚，在砧板上用力敲擊，要先敲昏了再開膛破肚，可那條大魚還是龍騰虎躍，怎麼也不昏厥。老闆娘有些無助的抬起眼睛，對著圍觀的人們尷尬地笑了笑，然後，她閉住呼吸，渾身緊繃，非常用力地捶擊下去，我看見她臉上那股狠戾的殺氣，雖然只有一秒，但對我形成極大震撼。有好幾年，我刻意避開那個攤檔，母親支使我去市場買魚，我都買標本一樣的海魚回家。

再見到老闆娘的時候，她已經是一個中年人了。盛魚的桶子早換成了水族箱一樣的玻璃箱子，還有循環換水的裝置，那些魚兒自由自在的游動著，雖然是冬天，顧客仍滿滿擠在攤子前面，生意很興隆。我注意到老闆娘變胖了，也有了些花白的頭髮，她的圍裙上依然是鱗片和血跡，一雙手在水裡泡得通紅而腫脹，佈滿大大小小的傷痕，應該都是魚兒臨死前掙扎造成的吧。如果沒有老闆娘爲我們代勞，這些傷痕與殺戮，不都是我們要承受負擔的嗎？怎麼以前我都沒想過呢？怎麼以前我都沒注意到那些傷痕？那雙手呢？那一天，我眞正覺得每一種職業，都應該受到尊重，都應該擁有尊嚴。

我家燉煮草魚或鰱魚頭鍋的時候，都是去老闆娘那裡買活魚的，據說黑鰱比白鰱更好些。買回魚頭，也是一樣煎好，與煎過的豆腐都放在鍋裡燉，再加幾片火腿、一些蘑菇和豆腐泡與大白菜。因爲父親崇尚原味與鮮味，我家的魚頭既不放沙茶醬，也不放豆瓣醬，所有食材都是鮮魚的清香口感，湯汁呈現牛奶的色澤與潤滑。當我年紀愈大，對口味的刺激要求愈小，愈能欣賞這樣的感官經驗。

我注意到老闆娘變胖了，也有了些花白的頭髮，
她的圍裙上依然是鱗片和血跡，
一雙手在水裡泡得通紅而腫脹，佈滿大大小小的傷痕，
應該都是魚兒臨死前掙扎造成的吧。

涮出來的年味

朋友們在黃昏時分陸續抵達我家，
外套上的冷氣寒峭逼人，
然而，有兩只暖暖的鍋子等待著，
調味料照例聲勢浩大的排列開來，
我總會聽見朋友們此起彼落的驚歎聲。

頭一次吃到涮羊肉是住在村子裡的童年，對門賈媽媽家裡來了客人，正巧也不知從哪裡來了羊肉，便生起火來吃涮鍋子，邀了我們一家同享。那個年代的火鍋都是紅黃色的金屬材質，圓圓的大肚子，一支煙囪似的圓筒形出氣口，熱熱的紅炭從口裡餵進去，陣陣白煙噴出來。我和賈家的孩子在樓上玩得累了，順著階梯走下來，便嗅到小小的房子裡全是炭的氣息，令人咳嗆。大人把我們安置在身邊，我聞到羊肉的腥羶，看見湯面上一層駝色的肉沫漂浮著，覺得反胃，隨意嚼點青菜，便又溜到樓上去，埋首在故事書堆裡了。

我家裡也有這樣的一個火鍋，過年時候全家族圍在一起涮牛肉也涮羊肉，有了牛肉，我的食慾大開。伯母是準備年菜的主廚，她自己煎蛋餃，去市場裡買最好的黃牛肉，而我感興趣的卻是那些瓶瓶罐罐的調味料，這是北方人吃火鍋才會有的沾料大匯集。當時我剛剛品嘗出沙茶火鍋的好滋味，堅持沙茶醬的美味是無可取代的，可是，伯母的調味料一字排開的場面，仍令我暗自驚歎。包括有紅豆腐乳、芝麻醬、魚露、韭花醬、蒜泥、白糖、醋、醬油，還有香菜、蔥末、蒜苗之類的，琳瑯滿目。那時節最難買到的是韭花，一開罐子，香氣便蠻橫的佔領整個空間，我雖然心服了，可是口還不服，硬是在這麼多配料之前問：『怎麼沒有沙茶醬啊？』怪不得青春期的人最討人厭。

後來我漸漸吃出北方火鍋的門道來，再也不提沙茶醬的事了。每次要吃火鍋之前，主動幫著把豆腐乳調淡一些，把芝麻醬調稀一點，把蒜泥擣出來，將香菜剔好洗乾淨。可是，氣味最濃烈的韭花是最難應付的，因爲它太鹹，卻又不能稀釋，必須保持原味。每一種調料都加一些，卻又能把味道調得剛剛好，是需要經驗的，我的成功率愈來愈高，年紀也愈來愈大。

前幾年父母親開始喜歡吃煮過的白肉，覺得清淡些，我們家便吃起酸菜白肉火鍋了。調味料與涮鍋子竟是雷同的，北京與東北肯定混過血的，吃食也就混了。起先是東北朋友送我們的酸白菜，接著母親開始自製酸白菜，儘管成功失敗各佔一半，冬天裡吃酸菜白肉的機會卻愈來愈多。爲了想吃火鍋，冷氣團降臨變成一件令人期待的事了。

有幾年的歲末，年輕朋友們都在我家倒數，父母親照例爲我們準備酸菜白肉火鍋，冷氣團也像預約好了似的準時出現。朋友們在黃昏時分陸續抵達我家，外套上的冷氣寒峭逼人，然而，有兩只暖暖的鍋子等待著，調味料照例聲勢浩大的排列開來，我總會聽見朋友們此起彼落的驚歎聲。大家的適應力都很強，至今我還沒聽過哪個不識相的問：『怎麼沒有沙茶醬啊？』可能因爲大家都過了青春期。

我家的酸菜火鍋裡，除了白肉和牛肉，還會有綠豆丸子、螃蟹、鮮蝦與蛤蜊，嫩豆腐是煎過的，入鍋不易散化；凍豆腐是自己冰成的，覺得這樣比較衛生；至於豬血則先用韭菜蔥薑加酒炒過，口感更鮮潤，爲了一個晚餐，通常要忙整整一天。大家吃撐了，胡亂靠著躺著，沒有主題的聊著，等待十二點的子夜倒數，每個人都卯起來大聲喊著：五、四、三、二、一……看著這些光亮的臉孔，想到下一年還可以一起度過，便覺得無限幸福。

年輕朋友們漸漸年長，有些結婚了，有些有了各自的跨年計劃，火鍋宴自然散了，還好，散了的只是火鍋宴，當我在熱湯裡涮一片肉，許多往事依然羅列在眼前，那些調味料依然排成一種莊嚴的陣勢。

朋友們在黃昏時分陸續抵達我家，
外套上的冷氣寒峭逼人，然而，有兩只暖暖的鍋子等待著，
調味料照例聲勢浩大的排列開來，
我總會聽見朋友們此起彼落的驚歎聲。

春日宴

我做了一個夢，夢見一棵香椿樹穿透屋簷長出去，
頂端發了許多新芽，我站在屋頂的瓦片上，
仰頭看著粉紫色半透明的葉片，絲緞的光澤，紗的質感，
想著要摘幾片，給母親拌豆腐吃。
忽然發覺葉片柔軟的裹住我，成一件裙子，
我意識到自己長大了，發愁著該怎麼從屋頂上下來？

韭韭長長的春天

我看過路邊賣小韭菜的老婦人，
身後的水田早已換成高樓，
她們卻彷彿定格在時間裡，永遠不會改變，也不凋零，
臉上和手上都刻著深深的，風霜日曝的痕跡。

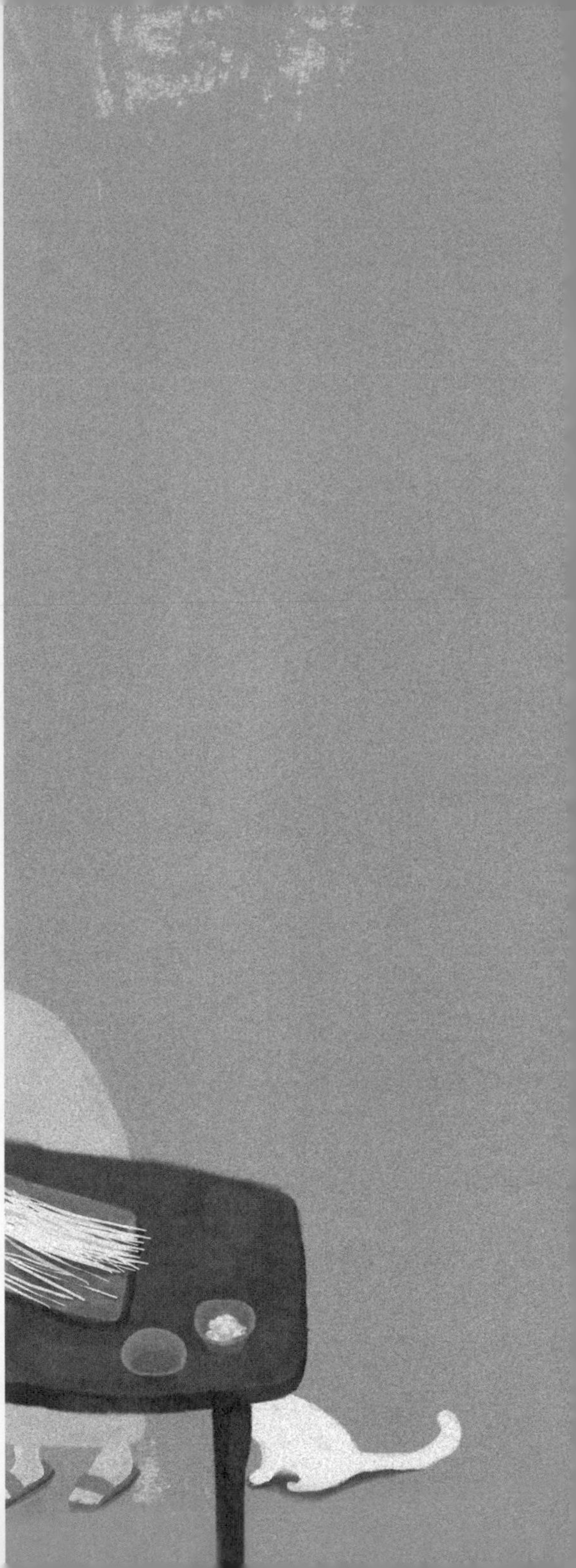

小時候只要上半天課，放學回家和同學經過田邊的水渠，看見老年的阿婆用草蓆放在路邊，成一個攤子，放著她自己種的一些菜，有小白菜、大白菜，還有一些綠色的像秧苗的東西。我隨著同學停下腳步，好奇的指指點點，我問同學農人剛把稻秧插進軟軟的田土裡，阿婆爲什麼要把它們掘出來賣呢？同學笑著嚷嚷，說那不是稻田裡的秧苗啦，是韭菜啦。我很有些驚異，韭菜原來是長成這樣的啊。我的父母親來自黃河流域，我很幼小的時候就吃韭菜包子、韭菜水餃和韭菜盒子，卻一直不知道韭菜原來長成這樣。那天回家告訴媽媽看見了韭菜在路邊販賣，吃晚餐的時候，桌上就有了香味撲鼻的韭菜烘蛋。

『正月蔥，二月韭』，大自然有著一種和諧的規律，順著時令吃，變成了養生之道。我家特別喜歡吃小韭菜，包在水餃裡細軟而鮮香，但是小韭菜愈來愈難買到，大約就是在春天剛剛開啓之際。我看過路邊賣小韭菜的老婦人，身後的水田早已換成高樓，她們卻彷彿定格在時間裡，永遠不會改變，也不凋零，臉上和手上都刻著深深的，風霜日曝的痕跡，花布衫褲，塑膠拖鞋，腳跟沾著泥土，已經走了三十年、五十年，從一個古老的春天走來。

賣大韭菜的攤販可就多了，常常買一把綠豆芽還送幾根大韭菜，伴著一起炒。韭菜是一種香氣獨特的菜，卻很少當成主角的，總是要伴著什麼一起料理。前兩年和一群年輕朋友去夜市吃米粉湯，切了粉肝、豬舌和油豆腐之後，朋友又點了一盤韭菜。排列整齊的韭菜燙好之後，淋上醬油送上來，我怔怔看著，不能舉箸。這麼多年了，實在不習慣它突然領銜主演，而且還演獨角戲。我試著挾了幾根送進嘴裡，品嘗純粹渾厚的韭菜香，原來是這樣的滋味。

每個人的飲食習慣，都會受到家庭的影響和局限的吧。我家是韭菜的忠實擁護者，卻沒有純粹品嘗過韭菜的味道。我們家還愛吃韭黃和韭菜薹，也都是和別的食材配著料理的。小時候我愛韭菜薹，它長得直挺挺的，頂上含著一朵待放的花苞，相當秀麗。母親有時候用來炒肉絲；有時候將花枝切細絲一起炒，嚼起來脆脆的韭菜薹浸滿了肉或是花枝的味道，更加誘人。

至於韭黃就難料理了，黃色的韭葉，隱隱帶一點腐敗的氣味，必須仔細地剝去外面軟爛的葉片，一片片梳理乾淨，用報紙乾乾的包裹起來，放在冰箱的冷藏室收好。煮羹湯的時候撒一點細碎的韭黃，漂浮在表面，添加好滋味。

韭黃更是我家裡做蛋餃缺不了的主要食材。先將碎肉用醬油、酒調好味，放進熱鍋炒到熟了，撈出來與切碎的韭黃拌在一處，打幾個蛋拌進去，可稠可稀隨人意。重新點火起油鍋，將拌好的韭黃蛋肉汁攤成一個小蛋餅，煎黃之後摺疊成半圓形，兩片都成焦黃色就可以起鍋了。這種蛋餃是熟的，放在火鍋裡吃或是帶便當都很可口下飯，只是料理的過程很花時間。以前過年是不可或缺的年菜，我總是纏著父親母親做蛋餃，並且宣稱自己會當副手幫忙。興高采烈的在熱鍋邊，我一邊幫忙舀蛋汁，一邊把剛剛煎好的蛋餃送進嘴裡，十幾二十分鐘之後，我也飽了，興致也失去了，便找個藉口脫身而去，丟下父親或母親在鍋前揮汗如雨。

前兩年我自告奮勇地充當煎蛋餃主廚，不耐久站的結果，小小的、嘴唇一般大小的蛋餃，被我煎成巴掌大的陣容。父母親一點都沒有抱怨，反而是

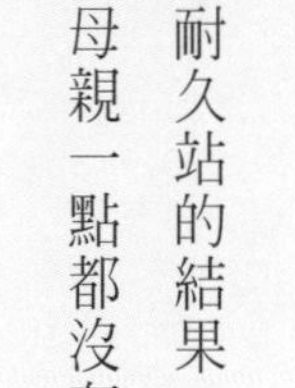

我看過路邊賣小韭菜的老婦人，
身後的水田早已換成高樓，
她們卻彷彿定格在時間裡，永遠不會改變，也不凋零，
臉上和手上都刻著深深的，風霜日曝的痕跡。

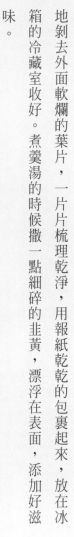

我不耐煩的發牢騷：『家裡只有三個人，爲什麼花那麼多時間氣力煎蛋餃啊？不要再煎了。』就這樣，蛋餃再也沒有出現在我家餐桌上了。

也許，等到許多年以後，只剩下我一個人，閒閒地無聊時光，我細細切碎韭黃，與碎肉和蛋汁攪拌在一起，緩緩地煎一個個小巧的蛋餃，剛剛出鍋的金黃色小元寶，飽滿的菜料，輕輕一咬，韭黃香的湯汁溢出來，於是，我再一次品嘗，這個久久長長，永不消逝的春天。

豬小妹的高跟鞋

吃豬腳的時候，我便想起古媽媽，
如果時間可以一直停在那一年，
她穿著好布料的旗袍，
送筍乾豬腳來的夏天。

唸小學時，最害怕的是督學，他們會到學校裡來搜查參考書，督學要來學校的那一天，全校的氣氛都緊繃著。老師翻開我們每個人的書包，先做一次徹底的自清行動。

有一次，爲了督學來考察我們的音樂課，老師編了一場小型的歌舞劇，動物農莊之類的溫馨故事，裡面有個角色是豬小妹，詼諧可愛，我們一致通過，選出了班上最渾圓的女生來飾演豬小妹，她平常就喜歡扮豬臉，應該是駕輕就熟的，可是，裝扮起來總覺得少了什麼。最後，老師脫下自己的黑色高跟鞋給豬小妹，她一踩上去，大家都狂笑起來，豬蹄子就這麼成形了。表演那一天，嚴肅的督學一直繃著臉，直到踩著高跟鞋的豬小妹上場，他的臉忽然笑開了。

從那以後，我陪母親去市場，看見肉攤子上的豬腳，都有一種親切感。那時候我家並不常吃豬腳，看見同學便當裡的滷豬腳，紅褐色透著油光，並不會引起我的食欲，總覺得一定是很肥膩的。這種印象直到十四歲那年才有了重大改變，那一年我們家也有了重大改變，從居住了十年的公家宿舍搬離，遷居到自己買的公寓裡；而我正好從國中畢業，考進了五專，等著分發的暑假。

我們搬到新家的時候，房子裡還沒接水電，連大門都還沒裝上，每天早晨我們要到工地去提幾桶水，以供一天的使用。幸好夏日天黑得晚，七點鐘之後，我們在房裡點上蠟燭，燭影搖搖，正合適醞釀鬼故事，也適合昏昏地睡去。夜深之後，父親用鐵床將門口堵起來，還放了一個美容院的戴假髮的女人頭，乍看之下，還眞是挺嚇人的。我們就在嚇人嚇已之中，度過半個多月，也接到了五專的入學通知，我進了世新報業行政。

我們過著半原始生活時，有位還沒搬進來的新鄰居古媽媽曾來探望過我們，她是位五十幾歲的江南太太，家境很好，有著一股富貴氣。她看見我們的克難狀況的第二天，就送來一鍋筍乾燒豬腳，鍋蓋一掀，香味撲鼻而來。筍乾大量吸收了豬油與肉汁，軟潤柔滑，豬腳一點也不膩，非常彈牙，我們

吃豬腳的時候，我便想起古媽媽，
如果時間可以一直停在那一年，
她穿著好布料的旗袍，
送筍乾豬腳來的夏天。

配著白飯吃，兩頓飯就吃得鍋子見了底。這才發現，一直以來，對於豬腳，我的誤解原來那麼深。

我們在那幢公寓裡住了將近二十年，也看遍了鄰居們的喜樂悲傷，古媽媽的兒女不斷向母親借錢，把兩老的退休金也挖光了，古伯伯過世之後，古媽媽賣掉房子和兒子住了一段時間，合不來，又搬去和女兒住，聽說大吵了一架，正式決裂。後來聽說古媽媽住進了養老院裡，有一回母親在公車站牌遇見她，熱情打招呼，古媽媽臉上浮起慚忑的神情，匆匆忙忙脫身而去，連公車都不搭了。

近年來我家還有一道頗受好評的豬腳燉雞湯，醃豬腳的過程稍稍繁複，先將豬腳切小塊，再將花椒與鹽一起乾炒，製成醃料。醃料放涼之後，反覆抹擦在處理好的乾淨豬腳上，再裝進塑膠袋裡，放在冰箱中待用。燉煮雞湯時擱兩、三塊進去，雞湯融入膠質，成爲奶白色，豬腳燉到將化未化，蘸著辣醬油吃，比雞肉還受歡迎。喝不完的湯熬白菜，也是搶手的好味料理。

吃豬腳的時候，我便想起古媽媽，如果時間可以一直停在那一年，她穿著好布料的旗袍，送筍乾豬腳來的夏天。又或者時間更早一些，停在小學時候，豬小妹穿上高跟鞋，便令我們發笑，那麼容易快樂的童年。

翡翠鑲黃金

我一直盯著她看，總覺得那裡面有著極大的力量，
或許是熱情；或許是憤怒，
但絕不會是無所謂的消極頹廢——
活著，就應該更有力量——我彷彿獲得某種召喚。

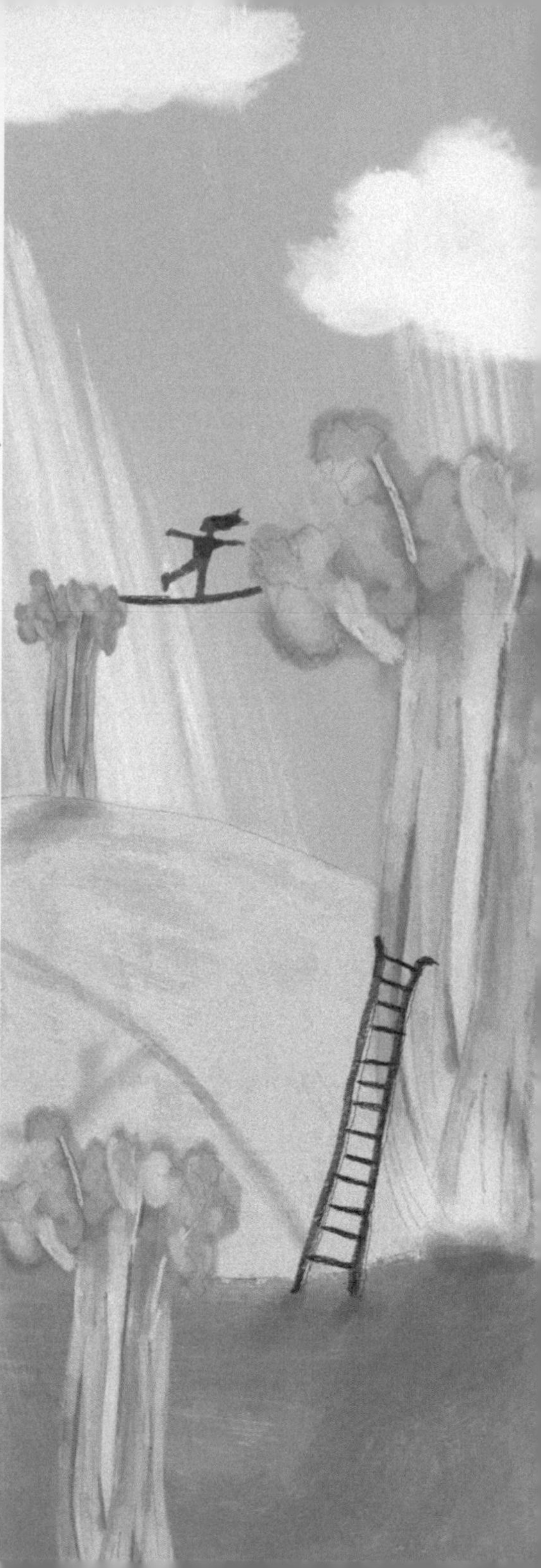

常常我在報紙或電視上看見那些上吊或者跳樓自殺的青少年，都有一種奇異的感覺，並不盡然是惋惜；也不只是旁觀的冷靜，而是一種劫後餘生的恍惚，我是一個倖存者。只有我自己知道，我的青少年時代是那麼不快樂，那麼百無聊賴，那麼時時刻刻的想尋死。高中聯考就在三個月之後，而我的一切造作將會被揭穿，我早起晚睡並沒能讓英文字彙增加；我跑到圖書館只是爲了吹冷氣發獃，我是一個失敗者，根本一無是處。我喜歡溜到高樓上，模擬一種下墜的姿態；有一次我乾脆直挺挺站在馬路中間，等待高速駛來的公車，可是，在我自己也無法釐清理由的情況下，我活下來，成了一個倖存者。

我晃啊晃的，進了五專就讀，依然是不快樂的，活得像個廢物。那時候的快樂，是和同學到校門口的早餐店，買一份花生吐司，看著老闆將吐司烤黃，厚厚地塌上一層花生醬，熱騰騰地交給我。花生醬是淺咖啡色的，裡面放了大量的糖顆粒，相當甜。大家都吃這種花生醬，據說來自新竹，叫做新竹花生醬，到處都能買得到。

然而，我卻開始吃到有鹹味和顆粒的花生醬，那是一位移民美國的阿姨寄來的。她和全家人搬遷到美國居住，因為兒子患有血友病，時時需要輸血，行動愈來愈不方便，經濟上也很困窘，可是，每年聖誕節前，她總會寄一個包裹給我們，裡面有每個人的禮物，許多巧克力糖和乾果，還有洗髮精與潤髮乳，或者是香皂。有顆粒的、像奶油一樣的花生醬剛來我家時，接受程度並不太高，我們都被新竹的甜蜜花生醬養慣了。可是，不久就發現了美國花生醬細膩滑潤，有一種花生的溫厚質感，感覺更自然，而它的金黃色澤也讓人喜歡。於是，我們的口味漸漸矯轉過來了。

唸五專時，和同學去西門町逛街看電影，遠東百貨公司旁邊開張了一家時髦年輕的賣場，叫做『巴而可』。外牆的廣告板上是一個金髮女人，抓著一株美國芹菜用力去咬，齜牙咧嘴的樣子。那時候我們還沒見過這種大芹菜，也沒見過這樣粗魯的女性形象，可是，我一直盯著她看，總覺得那裡面有著極大的力量，或許是熱情；或許是憤怒，但絕不會是無所謂的消極頹廢——活著，就應該更有力量——我彷彿獲得某種召喚。

現在很少人吃新竹花生醬了，超級市場裡美國進口的各式花生醬層層排列，讓人頭昏眼花，不知該如何揀選才好。大芹菜也變成我們日常食用的普通蔬菜了，沒有多少人會記得那幅女人啃芹菜的畫面，就連『巴而可』也從流行賣場變爲ＫＴＶ，最後一把火燒掉，成了一塊空地。

我有一道消暑沙拉，就是把大芹菜與花生醬結合起來，做法非常簡單：將比較嫩的大芹菜切小段，再將花生醬塗滿芹菜的凹槽，放在冰箱裡，吃的時候拿出來。芹菜飽含水分，配著花生醬奶油般的口感，香香脆脆，特別受到小朋友的歡迎。那一次朋友們帶著孩子來我家餐敘，所有的小孩都搶著吃這道沙拉，並且問我，阿姨阿姨，這叫什麼名字啊？我說，這叫做『翡翠鑲黃金』。朋友很嫌棄的說，怎麼這麼富貴？太珠光寶氣了吧。我們大家都笑起來，在笑聲中也只有我自己知道，我活著再也不像個廢物了，生命原來有這樣寶貴的價值。

我一直盯著她看，總覺得那裡面有著極大的力量，
或許是熱情；或許是憤怒，
但絕不會是無所謂的消極頹廢——
活著，就應該更有力量——我彷彿獲得某種召喚。

我的番茄寓言

我家裡吃生番茄的方式，
是沾黃砂糖來吃的，
用一只白色的醬油碟盛裝黃澄澄的砂糖，
將番茄咬一口之後，沾碟裡的糖粒來吃，
糖遮掩了番茄的怪味和腥味，
使它變得更可口。

我正在千挑萬選的一家餐廳裡，享用情人節大餐。吃完麵包和凱撒沙拉之後，滿心期待番茄湯的到來。到西餐廳吃飯，番茄湯一向是我的首選；在義大利餐廳用餐，番茄醬汁的義大利麵我都沒法抗拒。等了一會兒，冒著熱氣的湯送上來了，放在面前，我看著淺淺的奶油色澤，有些詫異，嗅了嗅味道，並沒有我最熟悉的番茄味。看著我如此審慎的研究態度，坐在對面的朋友也繃緊神經：『錯啦？』我只好搖搖頭，先舀起一杓放進嘴裡，好讓朋友安心。那一杓湯剛進入嘴裡的時候是柔滑的，奶油的香氣，還有一點點培根的火烤氣味，接著，細丁的番茄肉在我的齒間嚼碎，完全沒準備好的狀況下，番茄半生熟的果肉與汁液，蹦裂在口中，迅速與湯汁融合，多層次的豐富味覺，使我忍不住讚嘆：『天啊。』坐在對面一直懸

著一顆心的朋友，這時才終於吐出一口氣，他劃了個十字：『感謝老天。』

其實我不是那麼難以取悅的人，在鑑賞食物的品味上也不那麼高標，然而，碰到番茄，那就是另一回事了。因爲我那麼喜歡它，對它如此熟悉，簡直就像是一個暱友了，我們怎麼能忍受別人糟蹋我們最好的朋友呢？然而，與番茄的邂逅和愛戀，也經歷一段相當的歲月與磨合。

番茄很美，不管在它綠著還是紅著的時候，哪怕是半紅半綠也很美麗。怪不得很長的一段時間，西洋人都不敢吃番茄，總覺得它是有毒的東西，吃不得。那麼美麗，難免令人生疑。我曾經用番茄寫生，還被美術老師稱讚一番，這次的肯定，是我繪畫史上獨一無二的紀錄，故而終生不忘。

只是，小時候我並不喜歡吃生番茄，這和很多小孩子的感受或許相同。番茄怪怪的，那時候我總這樣抱怨。明明是蔬菜，又可以變成水果，它的味道也很怪，說甜不甜，說酸不酸，彷彿還帶著點鹹味。到現在我的某些朋友還不能生吃番茄，番茄咬一口之後裡面的汁液和種子一起流出來的模樣，令他們特別難以忍受。

我家裡吃生番茄的方式，是沾黃砂糖來吃的，用一只白色的醬油碟盛裝黃澄澄的砂糖，將番茄咬一口之後，沾碟裡的糖粒來吃，糖遮掩了番茄的怪味和腥味，使它變得更可口。吃完番茄，碟子裡剩下一堆汁液，飽含糖分，仰起頭一飲而盡，覺得心滿意足。長大之後，到嘉義一帶，吃到夜市裡蘸醬料的生切番茄，簡直驚爲天人。用甘草粉、薑汁、醬油膏調製而成的醬料，家家不同，濃稠的裹住脆脆的番茄片，奇異的口感。南部友人說起他們的蘸醬番茄，都有一種自豪，像是較高的文明，我只有心悅誠服的份兒。

雖然喜歡吃番茄，對於紅透透的番茄汁卻一直敬謝不敏，爲的是它的腥味，嗅起來有點像鮮血。『吸血鬼才喝的。』小時候大家都這麼說。多年之後才知道番茄汁本身無罪，是盛裝番茄汁的鐵罐味滲進去了。近來經過廣告大肆宣傳，添加上美容減肥的功能，番茄汁賣得火紅。

而我最愛的番茄料理是滑蛋牛肉飯。買來的嫩腓力先切細條醃好，溫火炒熟撈起，半生熟的番茄汆燙去皮切成細丁，用點青蔥熗鍋，將番茄下鍋，一點點鹽，多多的糖拌炒，炒到番茄化成湯汁，再將打好的蛋汁落鍋攪成

我家裡吃生番茄的方式，是沾黃砂糖來吃的，
用一只白色的醬油碟盛裝黃澄澄的砂糖，
將番茄咬一口之後，沾碟裡的糖粒來吃，
糖遮掩了番茄的怪味和腥味，使它變得更可口。

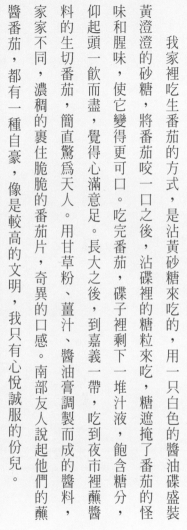

糊，最後將牛肉絲下鍋一拌，就可以淋在飯上了。金黃色的蛋汁混合了番茄的紅色，成爲淡淡的橙色，蛋汁充分吸收番茄的甜味，與牛肉的鮮味，撲鼻的香味讓口中唾液迅速分泌。

料理番茄的秘訣不是鹽而是糖，唯有甜蜜才能使它變得不可思議的美味，很像一則愛情的寓言。而我的年紀愈長，對於猛用番茄紅遍天的作法愈不以爲然。我常想起情人節的番茄湯，含蓄中遇見驚喜，是的，這是我的番茄寓言。

如果你來，泡茶招待

放上精緻的杯子與碟子，
她端出一壺熱茶：『怕妳不能喝咖啡，就喝茶吧。』
沒錯，我確實不能喝咖啡，立即感受到一種體貼的溫情，
彷彿已貯藏十年，此刻開封，醇香四溢。

與那個朋友十年沒見面了，上次見面時，我們都還年輕，在她的大稻埕工作室裡，我張大眼睛，看著她的纖細手指，揣想著她如何摶捏出那些奇麗的人物和圖騰。然後，一個轉身，我們開始四處飄泊，各自經歷。再然後，我又坐在她的面前，看著她，孩子臉的中年人，一點都顯不出年齡。大稻埕沒什麼改變，仍是陌生的，下雨前的陰冷天氣，我隨著她走上窄窄的樓梯。她已經準備了糕點，茶几上一株含苞的粉色玫瑰，正是我一直憧憬卻永遠無法俱備的藝術家的美感生活。放上精緻的杯子與碟子，她端出一壺熱茶：『怕妳不能喝咖啡，就喝茶吧。』沒錯，我確實不能喝咖啡，立即感受到一種體貼的溫情，彷彿已貯藏十年，此刻開封，醇香四溢。

茶的感覺，其實很像朋友。不會造成太大的刺激，卻能引起興致。

我最初對於茶的印象，是在搖搖晃晃的火車上，童年的鐵軌，溼暗的山洞，長長的嗚笛。座位旁掛著兩只玻璃茶杯，裡頭裝著乾燥的茶葉，觀光號小姐提著大熱水壺緩緩走過來，熟巧的一手掀起杯蓋，另一隻手上壺嘴一傾，熱騰騰的滾水便像噴泉似的直直注入杯裡，一滴也不外濺。浸蒸在熱水

中的茶葉滾動著、掙扎著，片片舒展開來。小孩子的我們隨身攜帶水壺，並不喝這些茶，可是，那儀式讓我著迷。

最後一次看見這樣精采絕倫的表演，是在大學畢業旅行的阿里山小火車上，五秒鐘的一場演出，我和同學們全部激動起來，大聲的鼓掌叫好。那樣震耳欲聾的歡呼裡，有著青春時期對於一切新奇趣緻的讚歎，並不知道將成爲絕響。

第一次我失眠，爲的不是愛戀，而是茶。

住在以茶聞名的貓空山腳下，朋友來訪總是順口說一句：『上山喝茶去吧。』一小杯一小杯鐵觀音，剛剛沖泡出來，濃濃的甘香，金黃色的茶湯，不小心喝多了，那個晚上怎麼都睡不著。後來和朋友聊起，他說他也沒睡好，早知道應該通個電話約一約，我問他約到哪兒去？他說，上山喝茶啊。原來，茶也能成癮。

我喝過最特別的茶是在杭州，都說龍井好，關於龍井的傳說也特別，必然是清清秀秀的十六、七歲小姑娘採擷最幼嫩的葉片，才能得天地間鍾靈之

放上精緻的杯子與碟子，
她端出一壺熱茶：『怕妳不能喝咖啡，就喝茶吧。』
沒錯，我確實不能喝咖啡，立即感受到一種體貼的溫情，
彷彿已貯藏十年，此刻開封，醇香四溢。

氣。不夠清秀的連採茶也不行，就喝茶吧。龍井葉片是細長的，泡在熱水裡都豎立起來，像許多小小的風帆。茶湯的顏色淡一點也混一些，喝進嘴裡，竟然有著雞湯的味覺。

從小我不愛喝紅茶，因爲茶湯的顏色太深黝，味道也澀。直到唸碩士班那年，到一位老教授家裡上課，老師鶴髮童顏，是清末的留學生，當年據說由書僮陪著出洋的。他的家裡全是高大的書櫃，擺滿了書。老師很有些歐洲紳士風，有時一邊上課一邊啜飲白蘭地，他認爲文學創作的價值很高，必須先有創作，才能有研究。在那之前，受到系裡某些老師的扼抑，寫作的衝動宛如原罪，我只能盡量躲藏，不敢恣情任意。我安靜的聆聽著他對於文學的崇高信仰，並在他的信仰裡獲得安慰。老師的女兒總是爲我們準備點心，並沖泡一壺紅茶，在那裡我第一次聞到立頓紅茶的甜香氣味，看見那樣美麗的紅色茶湯。我常常搶著斟茶給同學們喝，爲的是反覆嗅聞它的氣味，我慢慢嚥下茶湯，感覺一點不苦澀的厚醇。我在書堆之中、茶香氣味裡，漸漸肯定了自己的創作，是一件有價值的事。

和我不熟的人，會說：『我煮咖啡給妳喝吧，手藝很棒喔。』我只能苦笑。和我相熟的人，便會說：『如果妳來，泡茶招待。』我立時有了雀躍的心情，開始想像一次美好的歡聚。

甜蜜的毒藥

唸五專時和同學到景美夜市吃冰，
頭一次吃到芋頭麥角冰，
淺紫色的芋頭煮到將化未化，
濃綿醇香，
與我的唇齒纏綿。

王鼎鈞先生寫過一則寓言，說的是一個與婆婆關係非常惡劣的媳婦，下定決心，不惜一切要毒死婆婆的故事。有位郎中替媳婦開了一帖能在無形之中置人於死的方子，那就是每天晚上都做甜芋泥給婆婆吃，三個月之後，惡婆婆自會毒發身亡。做媳婦的爲了讓婆婆失去戒心，慈眉順眼，不辭辛勞，爲婆婆天天做甜芋泥，眞的就這樣做了好多日子。眼看三個月即將屆滿，媳婦忽然懇求郎中救救婆婆，她說她後悔了，婆婆近來待她愈來愈好，她們培養出母女一般的好感情，她實在不忍心毒死婆婆。郎中大笑起來，甜芋泥不僅殺死了惡婆婆，也殺死了惡媳婦。

我在讀到這個故事之前，已經是甜芋泥

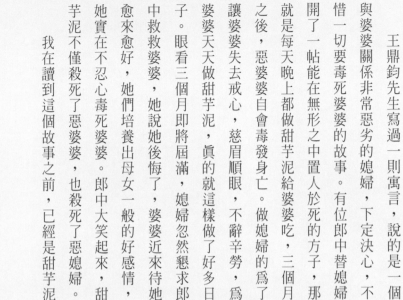

的忠實愛用者了。芋頭原本並不是我家裡的食物，倒是小時候父母親會買回小小的芋頭，連皮蒸熟之後，剝開來沾白砂糖吃，只是吃著玩。我並不那麼喜歡，總覺得有一股土腥味。唸五專時和同學到景美夜市吃冰，頭一次吃到芋頭麥角冰，淺紫色的芋頭煮到將化未化，濃綿醇香，與我的唇齒纏綿。也是在那時候，和班上幾位福州同學的感情特別好，到她們家做客，吃到了甜芋泥，剛剛蒸好的芋泥一點熱氣都看不見，我貪心的挖了一匙送進嘴裡，燙得大叫，同學命令我：『吐出來！吐出來！』吐出來多麼不雅，但我實在忍不住，還是吐了出來，一瞬間，感受到大家都鬆了一口氣，聽說曾經有人被滾燙的芋泥活活燙死的，怪不得周圍的人個個如臨大敵。

那段時間，我家廚房裡常常可以看見芋頭。我曾經削過一個芋頭要煮甜湯，去皮之後，雙手癢得直鑽心肺，那種痛苦就像萬蟻齊噬，我再不敢碰生芋頭。從此便是父親或母親負責削芋頭，我只要張開嘴來吃就好了。有一次我隨意的問父親，你削芋頭都不癢喔？父親說當然癢囉，怎麼會不癢？我吃了一驚，從那以後，忽然就不再那麼嗜食芋頭甜湯了。

曾經認識過幾個吃素的朋友，請他們吃飯就得去找素食館子，這才發現素食餐廳的花樣也眞不少，我最愛吃他們的糖醋排骨，鮮艷的糖醋醬，裡面包裹的就是炸芋頭。

炸芋頭是冬天的冰箱裡總會儲存的菜料，放進火鍋裡吃，芋頭滾幾滾，高湯就變甜了。母親後來學得一道滷白菜，讓她揚名海外，芋頭也是大功臣。先備好大油，蛋汁透過笊籬入油，把蛋煎得非常蓬鬆，香味勃發，取出待用，再用餘油煎一些蝦米，放入大白菜和芋頭，炒過之後燜煮，再把蓬蓬煎蛋置入一起熬，等到白菜軟了，芋頭完全入味，就可以起鍋了。母親曾在美國做過這道菜招待弟弟的留學生朋友們，那些台灣留學生個個吃得熱淚盈眶。

然而，芋頭最傳奇的演出還是在香港，我在港工作時有台灣的舊同事來訪，他是學佛吃齋的，我特別挑了港島著名的素菜館『功德林』請他吃飯，其實也是嘴饞，想藉機一探究竟。我照著美食推薦的各種品類來點菜，不知不覺就擺滿一桌子，最後，『松鼠黃魚』上桌了，外表看起來就是一隻金黃

唸五專時和同學到景美夜市吃冰，
頭一次吃到芋頭麥角冰，
淺紫色的芋頭煮到將化未化，濃綿醇香，
與我的唇齒纏綿。

色頗有精神的松鼠黃魚，我的筷子破了魚身，外酥內軟，連觸感都這麼神似，放進嘴裡一嚐，外面是類似豆皮炸透了的酥脆，內裡則是細膩到極點的芋泥，竟有著鮮美如魚的滋味。我就這麼著魔似的停不了嘴，吃到頭暈眼花，席末，學佛的同事諄諄告誡，吃素的目的就是要清簡，絕不是鋪張，這是罪孽，我只能腆著肚子，傻傻地笑著，用力點頭，表現出自己還有一點點慧根的樣子。

這麼好吃的芋頭，就算是毒藥，恐怕還是會有人含笑入口的吧。

九層高塔的氣味

拿起鍋蓋時，九層塔的未經破壞的清冽氣味撲面而來。
用雞本身的香味蒸炙而成的九層塔，
竟然帶著甜味與柔和的雞汁口感。
這是我從未嘗試過的，九層塔最純粹的味道。

我和朋友在購物中心的小吃街吃晚餐，在瞎拼購物之後，能找到一個好吃的小吃，一邊休息雙腿；一邊大塊朵頤；一邊回味著方才獲得的戰利品，眞是一種豐富的愉悅感受。

我們選擇的是鐵板燒，小吃街的這一家價錢不貴，食材新鮮，常常是滿座的。朋友點的是牛排，我特別想吃的是雞排，廚師在我們面前揮舞起料理鏟，一會兒淋酒，一會兒撒胡椒，正在熱烈處，一顆滾燙的油飛濺起來，正落在朋友潔白的手腕上。朋友驚呼一聲，我們手忙腳亂的找面紙，用冰冷的養樂多暫時冰鎮。廚師也嚇了一跳，爲了表示愧疚，他送我們一人一個煎蛋。朋友的牛排已經在吃了，廚師決定好好的『愼重』料理我的雞排。

別人的雞排，都是用濃稠的醬料加辣椒和九層塔一起拌炒的。我的雞排在鐵板上煎到雞皮完全酥脆之後，只淋一點醬油，然後，廚師在雞排上放一堆洋蔥與九層塔，直接用半圓形鐵蓋罩住，竟然不炒而是用燜的。拿起鍋蓋時，九層塔的未經破壞的清冽氣味撲面而來。用雞本身的香味蒸炙而成的九層塔，竟然帶著甜味與柔和的雞汁口感。這是我從未嘗試過的，九層塔最純粹的味道。

小時候不但沒吃過九層塔，連聽也沒聽過。頭一次吃到是在貓空山上的茶園裡，老闆端上桌的三杯雞。那已經是二十幾年前的往事了，貓空的茶園開始轉型爲觀光茶園，連外賓來到台灣也會上去看看。

我們從山下搭小巴士上山，尋找寥寥可數的幾個觀光茶園，有的除了賣茶之外也兼賣餐。坐在茶農用木頭搭起來的屋子裡，所有窗戶都打開，清涼的風便旋啊旋的進來了。屋外走幾步便是大片茶園，綠意映眼。而我們通常在天黑之後上山，下了小巴士還得走一段路，才能到達目的地。店主人領著大大小小一群狗，在門口迎接，剛剛走過黑路的我們，看著那片光亮，總覺得特別寬慰欣喜。也就是在那樣的夜晚，吃到了三杯雞和裡頭的九層塔，我幾乎毫無掙扎的就愛上了這道菜，也愛上了九層塔。九層塔在鐵鍋裡原本是生的，也是用鍋裡的熱氣薰熟了，再拌進三杯雞裡食用。

我的客家朋友帶我去客家餐廳吃飯，我被那道客家茄子給驚豔了，也是用九層塔炒茄子，茄子的氣味經九層塔的刺激，更加毫無保留的激越出來，顯得如此飽滿。

父親不知從哪裡得來的靈感，我家的餐桌上偶爾可以見到涼拌九層塔。一定要挑選比較嫩的葉片，洗淨之後擦乾，切成碎片，但不要太細碎，大約像是小拇指甲的大小就行了。再切一點紅辣椒末，澆上龜甲萬醬油拌一拌，就是既清涼又開味的小菜了。胃口不好的時候吃一點，不僅開胃還能神清氣爽呢。

每次吃到三杯雞裡的九層塔，就會想到貓空山上的夜晚，吃完晚餐之後，店主人送我們到門口，揮手作別。我們仍穿過黑暗的道路往車站走，卻發現那群狗一直尾隨在後，護送著我們，牠們與我們保持著一段距離，亦步亦趨，當我們等車時，牠們就趴在地面守候，直到我們平安上車爲止。

當初一起上山的長輩，有些已經離開人世了。我常在吃著九層塔的時候想著，人生是不是也像九層高塔呢？愈往上走愈形孤獨，最後只剩下自己。所幸，這一路走來的滋味，是不會遺忘的。

拿起鍋蓋時，九層塔的未經破壞的清冽氣味撲面而來。
用雞本身的香味蒸炙而成的九層塔，
竟然帶著甜味與柔和的雞汁口感。
這是我從未嘗試過的，九層塔最純粹的味道。

滋爾多士吃吐司

有一次她買了一整條吐司，我問她怎麼買這麼多啊？
她淡淡地說，媽媽和爸爸吵架，離家出走了，
三餐都得吃吐司了。
她說反正有吐司，什麼都不怕了。

『喂！要不要去買吐司？』國中的我和一位鄰居是同班同學，放學之後一起結伴回家，她常在經過西點麵包店的時候，停下來買吐司。她買吐司爲的是第二天的早餐，我從來不必爲張羅早餐煩惱，所以，總是帶著期待的心情，陪她走進麵包店。

我們放學的時間，恰好是麵包店的麵包烘焙出爐的時段，遠遠的就可以嗅到奶油與酥皮的氣味，她通常買兩節，大約是八片，這是我頭一次知道，吐司不一定要買一整條。我家裡買吐司都是爲了假日裡幾家朋友一起出門烤肉，所以總要買個好幾條，才能餵飽我們。那時候的吐司只有正正方方的白吐司一種，我問她：『你們怎麼吃吐司啊？』

『果醬囉。』她說：『還有奶油囉。不然要怎樣吃？』我也不知道吐司到底有哪些吃法，我只是好奇，對別人的生活和一切都感到好奇。有一次她買了一整條吐司，我問她怎麼買這麼多啊？她淡淡地說，媽媽和爸爸吵架，離家出走了，三餐都得吃吐司了。她說反正有吐司，什麼都不怕了。她就這樣買了兩個禮拜的吐司。後來她搬家轉學了，我仍繼續我的國中課程，每次經過麵包店，總要依依的張望，望著麵包以外的什麼東西。

那幾年我家裡不怎麼吃吐司，因爲父親的緣故。父親曾經被派到香港從事敵後工作，他蝸居在小小的空間裡，鎮日以吐司果腹，吃到後來連聽見別人咀嚼吐司的聲音都犯噁心，一百七十幾公分的人瘦到不到五十公斤，看見憔悴的父親，我對吐司便有了憎惡感。許多年之後，這個記憶漸漸淡了，我到香港教書，進入茶餐廳吃早餐，看見餐牌上寫著『果醬多士』、『奶油多士』，多士這個詞彙，我只在國歌裡面見過，『咨爾多士，爲民前鋒』。

我把多士點上桌，才知道多士就是吐司。在香港我吃了各式各樣的吐司，有些日本吐司柔軟馥郁，眞的是麵包可以到達的極致了。用各種果醬和起士奶油蜂蜜配吐司吃，眞是說不出的好滋味。吐司的口味千變萬化，近來我在便利商店買到紅糖核桃吐司，解決了一天的用餐問題，忽然想到國中同學說的，『有吐司，什麼都不怕了』。

這兩年我常到一家日本人經營的義式餐廳用餐，老闆娘從大阪來，剪著俐落短髮，滿臉堆笑，活像日本偶像劇裡走出來的。她對每個顧客都很親切，用不算太流利的中文寒暄，我最愛看她與日本客人喝啤酒的樣子，用著熟悉的日語，微微彎腰，笑意裡有著遙遠的鄉愁。前一陣子餐廳裝修，我們這些老主顧都惆悵起來，是不是關門啦？一個多月之後，重新開張，還是原來的名字，由老闆繼續經營，只是不見了老闆娘，也不見了我最愛吃的燉飯。每個上門的客人都在找老闆娘，服務生悄悄說老闆娘回日本去了。什麼時候回來呢？不知道呢，這得看老闆了……我們這些主顧的心情黯淡下去，彷彿明白發生了什麼事。

重新開張的餐廳有一種烤吐司，是不切片的一節吐司，用刀子在頂端劃開幾道，塗上奶油放進烤箱，整個烤到酥脆，再淋上蜂蜜上桌。這是一種新鮮的吃法，但，它能抵銷顧客們對於老闆娘的思念嗎？

我一不小心就吃得太多，抬起頭正看見顧客推門而入，四面張望：『老闆娘呢？』

有一次她買了一整條吐司，我問她怎麼買這麼多啊？
她淡淡地說，媽媽和爸爸吵架，離家出走了，
三餐都得吃吐司了。
她說反正有吐司，什麼都不怕了。

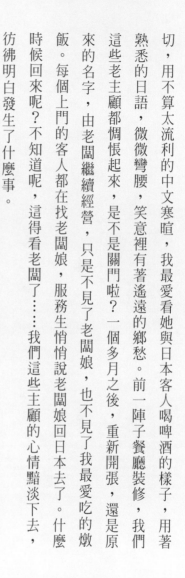

鐵板上的青春牛排

對我來說，
牛成為一種食物的特質更鮮明些，
我們怎麼會注意到食物的睫毛呢？
這麼注意牠的睫毛，還能把牠當成食物嗎？

朋友把延宕許久的生日禮物交給我，是兩幅卡通牛的造型畫，比例誇張的大頭上，一雙好圓好大的眼睛，又捲又翹的長睫毛。『啊呀。』我笑起來：『牛的眼睫毛這麼長啊？』我的朋友也覺得好笑：『牛的睫毛本來就是很長的。』他一邊說著一邊瞄了屬牛的我一眼：『妳不知道嗎？』說眞的，我沒有特別留意過，對我來說，牛成爲一種食物的特質更鮮明些，我們怎麼會注意到食物的睫毛呢？這麼注意牠的睫毛，還能把牠當成食物嗎？

我愛吃牛肉，從小就愛，雖然我自己屬牛，卻沒有一點避忌。遇見不吃牛肉的朋友，我總是會很好奇的問原因，因爲現在早已不是農業時代，我們沒可能吃到爲我們家辛苦奉獻十幾年的水牛肉了。我發現不吃牛肉的原因，多半是『算命仙』的鐵口直斷，算命仙可以洞悉一個人是否應該吃牛肉，經過算命仙的指引，許多牛得以苟且偷生。

在我小時候，家裡一年總要吃幾次紅燒牛肉，買回牛腩與牛筋，先用蔥薑爆炒，加入醬油慢慢熬煮，將牛肉的腥味去盡之後，醬油與肉汁混成的香味便溢出來，總要用小火煨煮大半天，牛肉夠軟了，牛筋彈牙，才起鍋。每

次紅燒牛肉的日子，我都覺得雀躍，覺得非常饑餓，雪白的、熱騰騰的米飯，澆上紅褐色的透明肉汁，再鋪上幾塊肉，無比豐富的美味饗宴就此展開。那時候我很瘦，瘦得像難民，父母的朋友來家裡，總要用大湯匙舀出好多肉汁，肉汁上漂著厚厚一層油，他們絕不手軟的把一大匙一大匙的肉汁澆進我的碗裡，叨念著：『這麼瘦怎麼成，多吃點多吃點。』我就這樣多吃了好多牛油，成年之後在我的肉體裡漸漸發酵，所以，對於減肥這樣的事我一向意態闌珊，我相信『種瓜得瓜，種豆得豆』的道理。

有段時間，我很愛吃青椒牛肉炒飯，雖然餐廳裡的牛肉絲多半炒得很堅硬，青椒也炒成咖啡色，但，我就是喜歡牛肉與青椒混在一起的特殊味覺，尤其加上黑胡椒粉末。那是青少年時期的安慰。

唸大學之後，我常在圓環附近的保安街換車，那裡沿街有著熱鬧的夜市，同學帶著我去吃鐵板牛排。一塊煎透的牛肉，底下墊著麵條，旁邊蓋著一顆荷包蛋，上面濃濃澆滿黑胡椒醬，放在一塊燒燙的牛型鐵板上，一客五十元。吱吱吱，牛排送到面前總是這樣叫著。我學著同學加許多番茄醬，要

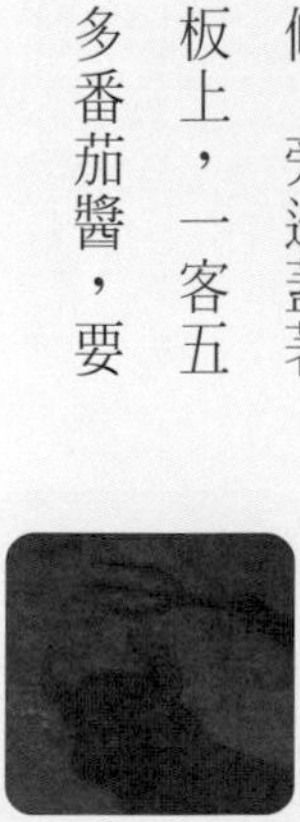

對我來說，
牛成為一種食物的特質更鮮明些，
我們怎麼會注意到食物的睫毛呢？
這麼注意牠的睫毛，還能把牠當成食物嗎？

翻找半天才能見到牛肉，與其說在吃牛排，不如說是吃調味料，濃重的調味，嚼不爛的肉質，身邊呼嘯而過的大小車輛，隨風飛揚的灰塵，這些都混成一種異樣的刺激，與我過去的生活經驗極不相似。

這些年有了飲食的品味之後，愈不能忍受肉質不好的牛肉，愈來愈少點牛肉來吃了。有時候朋友推薦我吃『松露腓力』；或是『鵝肝醬腓力』，我視其推薦的強度來決定，若是非常強烈才點來吃，吃進嘴裡的滿足比例也只有百分之五十。前幾天與朋友到台南去，錯過晚餐時間，便往小北夜市去找吃的。好久沒進夜市，恍然有一種懷舊的心情，我們找到旅遊指南推薦的『炒牛肉』專門店，點了每桌必點的『芥蘭炒牛肉』。若以夜市的水準來說，確實令人滿意，而我不斷想起曾經在夜市裡吃鐵板牛排的青春往昔，吱吱吱，噴濺起來的油點，沾在長髮與T恤上，而我是那麼快樂，在黃昏的風裡顧盼自得。

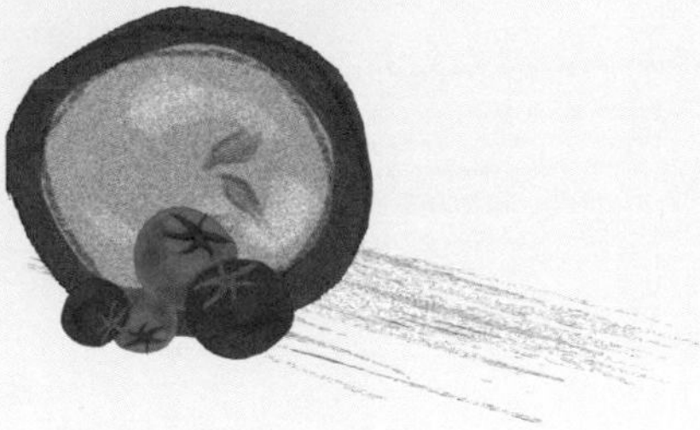

飛翔的雲雀

這種薄皮餛飩不能久煮，因為麵皮很容易就化去了，
要煮得將化未化，呈現出明瑩的剔透感，
其實是需要經驗的。
一口咬下去，豐潤的汁液迸出來，齒頰溢香。

我一直不喜歡菜肉餛飩，總覺得它們很粗，皮是厚而硬的，餡也是粗的顆粒，嚼在嘴裡喀啦響，個頭又大，要幾口才能吃完。我認識過一個朋友，是溫州人，認定溫州餛飩是天下最美味的吃食，他帶著我吃過幾次，我把湯逼著喝乾了，餛飩沉在碗底，像臥著一隻隻的白兔子。他嘀咕著：『食量怎麼這麼小？』一邊把餛飩撿出來吃淨了。他也曾疑惑的問我：『不好吃喔？』我搖了搖我的頭，努力的微微笑。我想，我對於菜肉餛飩的感覺，不見得是實質的，卻一定是精神上的。

我家的餛飩比較小，去市場買餛飩皮的時候，一定要指名小而薄的那一種，拿回家之後，便開始剁肉做餡兒。以前肉攤沒有絞肉機，我喜歡聽見砧板上菜刀上上下下的剁肉聲音，那種韻律中有著歡慶的意味，剁到碎肉發黏了，再加進蔥末，或者是韭黃，一齊剁得細碎，用調料拌香了。將一張張餛飩皮攤整齊，把餡料放在四方麵皮的中央，對角包住餡料摺成三角形，再將裹住餡的一邊往三角尖端滾摺幾圈，左右兩邊成了細長的翅膀尖，用一點涼水沾著其中一根翅膀，將另一邊交疊黏住，就成了。從來我捏不成水餃的荷葉邊，卻可以輕易做成一隻隻餛飩，所以，參與感更強些也更雀躍些。

我家的餛飩個頭雖然小，卻仍裹著飽飽的餡兒。我看過外面店裡的餛飩，店家用竹片抹一層薄薄的肉末，便迅捷地裹出一隻餛飩，我算過，統共三秒，一隻餛飩。我看著那樣的神乎其技，幾乎獃了，等候已久的公車從我面前經過，我卻渾然未覺。可是，要吃餛飩，還是愛吃家裡包的。這種薄皮餛飩不能久煮，因爲麵皮很容易就化去了，要煮得將化未化，呈現出明瑩的剔透感，其實是需要經驗的。一口咬下去，豐潤的汁液迸出來，齒頰溢香。

那時候家裡有個常常往來的親戚，我們小孩子喊做伯母的，她也有很好的手藝，能包菜肉餛飩。她特別瞧不上我家的小餛飩，而我還懵懂無知，熱烈的拉著她：『來吃餛飩，很好吃的餛飩喔。』她斜著眼瞄了一桌餛飩，頗爲嫌棄地說：『那有什麼好吃？你們家就愛吃鼻涕餛飩。』我愣在那裡，半天回不過神。我偷偷看著正忙碌地招呼大家吃餛飩的父母親，彷彿完全沒聽見這樣的嘲諷，仍很起勁的笑著，張羅著芹菜、胡椒和醋。但，我的童稚的世界確實不一樣了，認識到被糟蹋是怎麼一回事，熱情與善意，原來是會遭

到這種待遇的。那一整天，過度敏感的我與所有人都保持著距離，因爲我頭一次意識到，人會不爲什麼原因的傷害另一個人。

後來，去那位伯母家，她包了菜肉餛飩給我們吃，大家都吃得很起勁，而我吃得很少，胃裡鼓得脹脹地，什麼也吃不下，像是噎了太多東西，無法化解。我進入難堪的少女時代，什麼都不如意，不知道自己的價值在哪裡。伯母似有若無的嫌棄和嘲笑，都令我想到鼻涕餛飩，我甚至覺得自己根本就是鼻涕餛飩。

好幾年之後，母親的一位好友來家裡做客，我們叫她阿姨，她笑起來有個美麗的酒窩，她又愛笑，總是開開心心的，那天家裡包餛飩，阿姨一旁幫忙，我們都圍在桌旁，母親忽然說：『妳嚐嚐我們家的鼻涕餛飩。』我一時詫異，原來，母親一直都聽見的。阿姨搖搖頭說：『我們管這種餛飩叫做雲雀餛飩。』『雲雀？』我脫口而出。『嗯。飛在天上的那種小雲雀，體態又美，聲音又好聽。』阿姨滿心喜悅地說。她一定不知道，雲雀餛飩釋放了被憂鬱囚禁的我，使我相信自己展翅便可以高飛。

這種薄皮餛飩不能久煮，因為麵皮很容易就化去了，
要煮得將化未化，呈現出明瑩的剔透感，
其實是需要經驗的。
一口咬下去，豐潤的汁液迸出來，齒頰溢香。

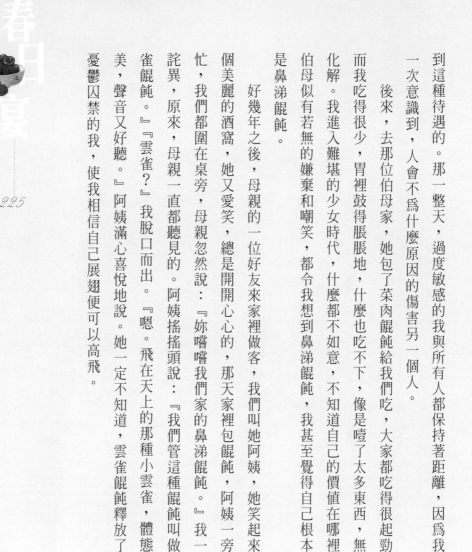

【後記】

舉箸前，忘記憂傷

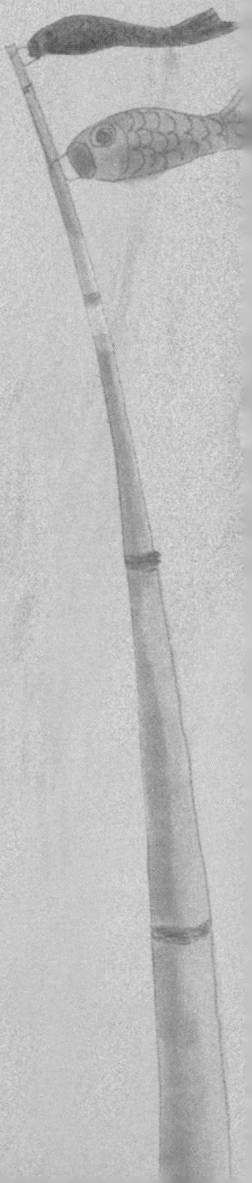

快飲樂食。當我吃吃喝喝的時候，我總是快樂的。如果我不快樂，情願什麼也不吃，當我沒有進食的興致，便也失去了生之歡愉。

我不是一個吃得很精到的人，因爲沒有那樣的家世，父母親來自黃河流域，都是貧苦的農民家庭，歷經不斷的爭戰與逃亡，他們的生命永遠隱伏著不安定的恐懼感——戰火、流離和饑荒。他們不講究吃好，只希望可以吃飽。或許因爲我的身體裡流動著他們的血液，雖然沒有他們的恐懼，直到現在，卻還是離不開米飯，總覺得要吃飯才算吃了飯。

想寫一本以食物爲主題的散文，已經想了好久，卻總覺得自己既不是美食家，又不懂得料理，有什麼可以分享的呢？

分享，是我一啄一飲之中，最可珍貴的感受。

如果遇見好吃的滋味，便忍不住要和朋友分享，朋友的讚賞與喜悅，使我的幸福變得更厚重結實。

然後，我漸漸發現，你怎麼吃，便怎麼過生活。

青春時代我的食量很大，與我吃過飯的朋友，都會留下深刻的印象，我的生活態度也是投入專注的。濃烈的付出感情，容易受傷，也很容易快樂。

到了前中年期我的食量變小了，進食的速度也緩慢下來，許多滋味不再要求充分飽足，淺嚐即止。微微地拉開一點距離，在我和食物之間，和人生之間。

《黃魚聽雷》的書寫過程中，我重新回到童蒙，回到少女，回到初初成年，回到歲月任何一個發光點。那些食物永遠在等待著我，它們一直在等待著，從來沒有改變。

我們的生活總以一種無法逆轉的方式改變著，令人措手不及。沒有改變，有時多麼令人感激。

十四歲那年認識的一個朋友，是個白手起家的中小企業主，她走遍世界各地參加商展，用著自修而來的流利英語做生意。很年輕的時候，我們各自認眞賺錢和唸書，以爲只要夠努力，就會擁有想像中的幸福家庭，然而，我們各自經歷了一些感情的美好與風暴，卻一直單身。所幸，我們總在彼此身邊，給予支持和鼓勵。有時候，她開著車載我到海邊去，坐在岩層上看落日；有時候登上雲霧繚繞的山，泡在暖暖的泉水裡；有時候吃一頓美味晚餐，併著肩穿越城市向晚的街巷，漫無目的散散步。

就只是這樣的散散步，也是一種幸福呢。我禁不住歎息。

妳的願望眞是太渺小了。我的朋友取笑我。

後來，我們才知道，哪怕只是這樣渺小的願望，有時竟也變爲了奢侈。

元旦假期我們相約了一次國外旅行，吃新鮮的生魚片和石狩鍋，我的朋友每次喝到熱騰騰冒著蒸氣的湯，就笑得像個孩子一樣，吃完了就睡，睡醒了泡溫泉，泡得心滿意足再吃。我們浸泡在一層層巨大的如同梯田一樣的溫泉浴場中，俯在浴池邊緣，便可以眺望海岸線，漸漸點亮整排燈火。眞是愜意的旅行啊，我們鬆弛下來，深深吸一口氣。爲什麼結識將近三十年，從沒想過一起出國旅行呢？我問朋友。她說，還不是怕一出國好朋友就鬧彆扭，很多好交情的朋友都是這樣翻臉的。我點點頭，問她，那，我們算不算是破除了這個魔咒啦？

那當然。我的朋友像尾魚似的，輕捷地在泉水中翻個身，更多白濛濛的熱氣飛昇起來。

旅途中爲了拍一張照，我落後了腳步，走在朋友身後，忽然發現她的步伐似乎有些傾斜。我問她是不是傷了腳？她說沒有啊，可是近來常有人這麼問她，接著又說，回台灣得做個檢查。回到台灣，她做了詳細的檢查，連醫生也不相信檢查結果，因爲她還太年輕，不該罹患這樣的病症。

不應該，不可能，卻是千眞萬確的。無法痊癒的痼疾，使得一起散散步的心願，眞的成爲奢侈，我才明瞭，這世上有一些魔咒，原來是破解不了的。

爲了安慰朋友的驚惶、沮喪和痛苦，我非常努力的振作自己的精神，要讓她多感染一點積極樂觀，我仍慫恿著她去吃好吃的，拖著她散散步。我那麼膨脹著自己的堅強和亢奮，內在卻加速的蛀蝕空洞，夜以繼日，聽見絕望與哀傷在骨骼之間潺潺流動的聲音。

白天，我一刻不停的找事做，把自己忙得團團轉。黑夜，我倚在枕上，看見十七歲的自己，和朋友在夜市裡分食一碗芋頭冰；二十七歲的自己，被朋友帶著走進高級的韓式石頭火鍋店；三十七歲的兩個女人，坐在海芋花田旁吃野菜。我把枕頭翻了又翻，怎麼都睡不著。許多天下來，已經感到疲憊不堪，失眠卻成爲難以擺脫的慣性了，隨之而來的是對於食物的怠懶。我常常想起『哀樂中年』這句話，終於領略到是怎樣的滋味。

失眠與減食令我染上淡淡的輕憂鬱，季節仍在順序漸進之中，端午節的氣味從市場雜貨店席捲而來，左鄰右舍蒸煮粽葉的氣息籠罩。那一天，夜晚歸家，我看見餐桌上一袋粽子，鼓騰騰地，糯米與豆沙的味道，隔著葉片和塑膠袋仍聞得見，我輕輕觸了觸，還是熱的，這就是阿卜每年都要送來的豆沙粽了。我剝開一顆粽子，鮮烈的濃厚味道襲來，片刻之間，停止一切感知與思想，微微暈眩，一種極強烈的幸福瀰漫在我每個細胞。我吃了一口，停不下來的吃掉一整顆。那一夜，我睡得好香甜，完全不帶心事的滿足與酣暢，就像一支剝去重重硬殼的雪白筍子，甘甜鮮嫩。

阿卜的豆沙粽，竟然給了我最妥貼的撫慰。

想起阿卜豈止豆沙粽，十幾年前，當我爲博士論文日夜煎熬，熬成憔悴枯槁的模樣，阿卜便送來燉雞湯，爲我進補。夏日溽暑中，阿卜的冰鎮蓮子糯米粥，更是不可思議的美味。這些都曾餵養過我，使我的靈魂被溫柔撫慰。

我自覺非常幸運，不僅是我的父母餵養我，還有一些長輩也餵養著我。寫這本書的時候，我竟常常想起那些已經遠行的長輩，想起他們料理吃食的背影，想到那些永遠遺失了的美味。

我想到照顧我如同父親的長輩，我的乾爸。他在學校裡監督我如同嚴師，不准我偷懶，不准我自暴自棄；當父親奉調出國工作，他又細心的關照我的生活，如同慈父。小時候我在他家做功課或是練鋼琴，時間一耽擱就留下來吃晚飯了，乾爸的鰻魚水餃和烙餅，都是我的最愛。長大之後偶爾去探望他，他便留我下來吃飯，與高采烈的和麵，吆喝著乾媽一起進廚房爲我張羅吃食。直到那一年，他病倒了，進進出出幾次醫院，最終到了只能控制疼痛的地步。

醫生給他試了新藥，止住了痛，卻產生幻覺。我和父母親去探望他，他已不大認得出人，卻看見許多我們看不見的人。在一種奇詭的氣氛中，他的目光忽然凝集在我身上，清晰地、剔透地看著我，他說：『曼兒，妳來啦。』我上前同他說話，他忽然顯得著急，問我吃飯沒有？一邊又差遣乾媽爲我準備吃的：『曼兒來了，快給她烙個餅，快啊，去，去準備……』接著，他不斷摘取著被單上綠色的花紋，喃喃地說：『摘些蔥。來，摘一些蔥給曼兒烙餅……』病房裡所有的人看著他的忙碌，都不知所措。爲什麼，他已經這樣痛苦，卻還惦記著給我張羅吃的？爲什麼，他在虛實難辨的混亂中，還想著要餵養我這個女兒呢？

那一天，我有著與他訣別的悽愴，走出醫院，再掌不住地痛哭失聲。我們的生活總以一種無法逆轉的方式改變著，令人無可奈何。

從那以後，我再沒吃過鰻魚水餃。

然而，我也沒有停止過生命的步伐，任誰也停不住生命的步伐。我依然在過日子，依然尋找好吃的美味。我感謝餵養過我的每位長者和朋友，我感謝與我一起分享美食並信任我的飲食雷達的朋友，正是因爲這樣，我才能眞切感覺到自我的存在。

當然，我其實明白，我一向明白，所有的美味和遇合，都將消逝。但是，黃魚聽雷，深深入海，海面上的陽光與雲影，鳥飛和魚躍，都將是永恆的瑰麗記憶。因此，當我們喜愛的食物放在面前，當我們舉起筷子，就該忘記一切憂傷和煩惱，向美味致敬，向生命致敬。

二〇〇四年七月一日凌晨

多風的台北盆地

張曼娟 小說精選

煙花渡口

給青春一個故事，
給我們無可取代的溫柔力量！

重讀著這些喜悅或悲傷的故事，
那些遠去的時光便重現在我眼前，
每一個故事都與我的生命緊緊相扣，
而我始終是站在渡口的那個人。
有時意興昂揚，有時茫然失據，
或許一直堅持著擺渡的心願，
卻被許多人與許多故事擺渡，
渡過一個又一個，生命裡的險灘與深潭。
有些人成為我的摯友，
有些人成為我的夥伴，
有些人根本素昧平生。
他們的微笑與支持；他們的體貼與情愛；
他們的激勵與提攜，就像在黑夜的渡口，
施放一束又一束璀璨的煙花。

張曼娟散文精選

剛剛好

我的世界有點小，卻是剛剛好。
剛剛好，遇見最美好！

相逢只一笑，明日又天涯。
我從許多微笑的眼睛中，
看見了珍惜的光芒。
於是我有了這樣的念頭，
要為自己編一本散文精選集，
記錄不同年齡的自己，
看見的世界，感受到的人生。
這是為一直以來與我相伴的讀者們編選的，
也是為可能有緣相遇的新讀者編選的。
這真是一件奇妙的事，
我的世界這樣小，卻是剛剛好。
剛剛好，遇見最美好。

張曼娟 ⁂ 戒不了甜

戒不了愛情，戒不了溫柔，
戒不了甜。

二〇一二，是先知所稱的末日之至……
哪怕是末日降臨，還是要愛。
愛的記憶與甜蜜，
足以抵禦世間的詭譎險惡和艱辛，
既然我是這樣相信著，
便在二〇一二出版一本書，
用這些小故事，
記錄我所以為的愛情的樣貌。
打開你的糖罐子，
放進去或是取出來，
總是戒不了，戒不了甜。

張曼娟 · 那些美好時光

人生如此暴烈又如此甜蜜，如此孤獨又如此友善，
正因為這樣，每分每秒都顯得獨特。

哀愁是一件必要的事，
因為哀愁，我們了解人世的無常，
於是對獲得的幸福感到倍加珍惜。
孤單像一帖藥，在孤單中，
我們明白了軟弱和空虛，
於是鍛鍊自己更堅強。
不管愛人或被愛，都免不了要承受痛苦，
因為愛情中的痛苦和歡愉總是併肩而行。
但是不管曾經流多少淚，
愛都讓我們成為更好的人。
讓我們穿過風越過雨，
在時而孤獨時而歡愉的旅途中，
仍張望著晶亮的眼眸，
收集人生中一段段美好時光！

國家圖書館出版品預行編目資料

黃魚聽雷／張曼娟 著.--初版.--臺北市：
皇冠. 2004〔民93〕
面；公分（皇冠叢書；第3393種）
（張曼娟作品；15）
ISBN 978-957-33-2077-7（平裝）

855 93011523

皇冠叢書第3393種
張曼娟作品 15

黃魚聽雷

作　　者—張曼娟
發 行 人—平雲
出版發行—皇冠文化出版有限公司
台北市敦化北路120巷50號
電話◎02-27168888
郵撥帳號◎15261516號
皇冠出版社(香港)有限公司
冠出版社(香港)有限公司
香港銅鑼灣道180號百樂商業中心
19字樓1903室
電話◎2529-1778　傳真◎2527-0904
印　　務—林佳燕
校　　對—張曼娟・鮑秀珍・邱薇靜・丁慧瑋
著作完成日期—2004年06月
初版一刷日期—2004年08月
初版二十一刷日期—2020年12月
法律顧問—王惠光律師

讀者服務傳真專線◎02-27150507
電腦編號◎012015
ISBN◎978-957-33-2077-7
Printed in Taiwan
本書定價◎新台幣250元/港幣83元